衛斯理小說典藏版 30

轉世暗號

衛斯理
親自演繹衛斯理
《轉世暗號》

新之又新的序言，最新的

衛斯理小説從第一次出版至今，歷時已近半世紀，總共出了多少正版，還能計得清，若是連盜版一起算，那就算找外星人來算，也算勿清楚哉！不知能不能也算世界紀錄。

算得清好，算勿清也好，能幾十年來不斷出新版，説明不斷有讀者加入，對作者來説，沒有更值得高興的事了，謝謝所有喜歡衛斯理的人，謝謝謝謝。

倪匡

二〇二〇年六月四日 香港

幾句話

寫了四十多年小說，論者將拙作分為三個時期：早、中、晚。在明窗出版的一批，屬於早期和中期的上半。三個時期的創作風格有相當程度的不同，所以風評不一。本人並無偏愛，但讀友對早期的作品，頗有好評，大抵是由於在早、中期作品之中，主要人物精力充沛，活力無窮，所以使故事曲折多變，小說也就格外吸引。明窗出版社此次重新出版這批作品，正好讓大家來證明這一點。

四十餘年來，新舊讀友不絕，若因此而能有新讀友，不亦快哉！

倪匡

二〇〇五年十一月六日

序言

這個故事留下了一個謎：「暗號之二」將以什麼形式出現呢？我作了一個極大膽和匪夷所思的假設，由於太驚人了，所以暫時不發表，準備在找到有資格的人詢問之後，再把這個設想說出來。

整個故事的主題，其實是轉世，「暗號」也者，是小說的噱頭。再生，涉及人類生命的奧秘，照例，不會有結果，只是種種的設想而已。

設想極重要，許多事實，就在設想中求證出來。

衛斯理（倪匡）

一千九百六十年之前，耶穌就在這幾天，死後再生，所以稱作復活節。

目錄

第一部

手掌、銅鈴、花

用過很多人類特有的行為做故事的題目，例如「毒誓」之類。暗號，並不是人類特有的，許多生物，包括植物在內都有應用暗號。

但是，把暗號運用得如此出神入化，變化萬千的，還是只有人類。

暗號的作用，是作不為他人所知的溝通。只有溝通的雙方，才知道那是什麼意思，暗號由溝通的雙方所約定，一起遵守。

所以，任何暗號，不論在什麼情形下使用，都有一定的神秘性。

這個故事，是一個有關暗號的故事——暗號就是暗號，沒有曲解的意思。

先說一件和這個故事不算太有關連的小事。

我經常收到來自各地的陌生人來信，多半是在信中向我敘述一些他們經歷到的稀奇古怪的事——我有不少故事，都是在這種情形下發展出來的。

也有很多，是問一些很無聊的問題，所以我不是每封都看，大多數由白素先看，後來，責任便落到了溫寶裕的身上——他很喜歡這工作，說是可以使自己有相識遍天下之感。

我也樂得由他去代勞——他的判斷能力很高，知道哪些來信可以拿來給我看，而哪些只合拋入字紙簍。

那天，他興沖沖地來到，一見到我，就抖開一張信紙，交到我的手上：

「從這封信上，你能聯想到什麼？」

我一看那封信，一張紙兩面都寫滿了密密麻麻的鉛筆小字，字迹幼稚，是少年人的字迹，可是寫得很用心，這種來信，很叫人感到寫信人的誠意，也頗令人感動。

我看那封信，信的內容，也很奇特，信確然是由兩個少年人聯名寫來的，發信的地點卻是在巴西，寫信人是兩個從台灣去旅行的中國少年。

信中記述着一件他們親身經歷的奇事，說他們在旅行途中，有一次脫了隊，迷了路，在尋找歸隊的過程中，進入了一片草原。

在草原上，他們看到了有兩個和他們年齡相仿（十三四歲）的少年在追逐嬉戲。

他們正準備上去問路時，奇事發生了，他們看到在前面奔跑的那個少年，忽然在草尖上飛快地奔走起來。

那草原上的草很是茂密，都有四五十公分高，人在草尖上奔走，看起來又是奇特，又是好看。

而那兩個巴西少年，相貌很是俊美，這就使得情景更是異特。

而幾乎立即地，在追的那個，也飛身上了草尖，兩人以極快的速度奔跑，一下子就離他們遠了。

目擊這等奇事，兩名中國少年目瞪口呆，一時之間，佇立不動，毫無反應。

接下來，他們所看到的現象，更加奇特了。那是他們自極度的驚愕之中回過神來，各自發出了一下驚呼聲之後的事。

在草尖上奔走的兩個少年，顯然聽到了他們的呼叫聲，一起停止了奔跑，回過頭來。

這時，雙方的距離雖然遠，可是還很清楚地可以看到他們的表情，兩個巴西少年互望，一副「糟糕，叫人看到秘密了」的神情。

他們已停止了奔跑，兩個中國少年，這時也已看清，他們站在草尖之上，那麼柔軟的青草，連彎也沒有彎，這種奇特的現象，令得兩人再度發出驚叫聲。

就在他們的呼叫聲之中，那兩個巴西少年突然不見了，並不是什麼都消失，而是人不見了，但是衣服卻留下了來，落在草上，把草壓低。

兩人手足僵硬，至少呆立了兩三分鐘，才走到了衣服的旁邊，衣服是普通的衣服，只有衣服，沒有人。

兩個少年的信，寫到這裏，文字變得很激動：「我們知道這種經歷，說出來會相信的人不多，會說我們神經病。如果我們只是一個人看到，也會懷疑自己是神經病。現在，我們可以用生命來保證，我們看到的一切，盡皆屬實，若有半句虛言，天打雷劈，七孔流血，不得好死。」

接着，這兩個少年，還表示了他們的看法：「當他們在草上奔走的時候，那種情景，可以用『絕頂輕功』來形容。輕功之中，本來就有『草上飛』功夫。再深一層，甚至可以『凌空步虛』。但是，他們竟忽然消失了，那是怎麼一回事？他們是人是鬼？是妖是仙？盼能賜覆，以免我們被心中的疑團哽死。」

我看完了信，吸了一口氣：「快回信給他們——」

我話還沒有說完，溫寶裕已道：「已經寄出了。」

我呆了一呆——他這樣說，表示他對兩個少年的所見，已有了解釋，我揚了揚眉，他道：「氣體人！他們遇到的那兩個，是氣體人！」

他的說法，正和我所想的一樣，接觸到氣體人，還是不久之前的事，看是未曾有不久之前的那段經歷，我和溫寶裕都難以一下子就有肯定的結論。

我再吸了一口氣，聯想到了不少別的問題。首先想到的是，似乎有相當多氣體人在地球上活動，不知道他們是不是有什麼特殊的目的。

繼而想到的是，像這種人突然消失，留下了衣服的情形，很多古籍中都有記載，大多數是發生在神仙的身上。

溫寶裕的思路，看來和我相同，他突然道：「像這種情形，有一個專門名詞，叫『衣蛻』，是不是？」

我點頭：「是，是神仙的行為之一，和『羽化』一樣。」

溫寶裕大是興奮：「如此說來，氣體人在地球上的活動歷史甚久，有許多神仙，根本就是氣體人，也有不少地球人，在他們的幫助下，成了氣體人！」

他在這樣說的時候，神情不勝嚮往之至，看來他也想變成氣體人。

我笑着拍打他：「還是三態齊全的好，別說你父母不會樂意見到你變成了一團氣，小藍絲也不會喜歡和空氣親熱！」

溫寶裕呆了半晌，才道：「這就是古人所說，塵緣未了，成不了仙的緣故了！」

他來回走了幾步，忽然又取出一封信來：「還有一封信，更是古怪，是寄給你，請你轉交一個人的。」

我隨口問：「轉交給誰？你去辦就是。」

溫寶裕的神情有點神秘兮兮：「我不知道收信人在哪裏——我想你也不知道。」

他說着，把信向我遞來，我接過來一看，便不由自主，發出了「啊」地一聲。

實在是太意外了！

信封上的地址是英文，但是收信人的姓名，卻是漢字，寫的是「衛斯理先生轉衛七先生收」。

衛七先生！

我深吸了一口氣，衛七先生！

這個普通的名字，對別人來說，一點意義也沒有。可是對我來說，意義重大之極！

他是我的一個堂叔，在我兒童到少年期間，曾給我極大的影響。

我一直不能把他分類，不知道他是何等樣人，只知他神秘之極，大膽之極，正直之極。他行蹤如神龍見首，見聞之廣博，無以復加。

他不定期回老家來，每次回來，都有驚世駭俗的行為，或帶一些無以名之的怪東西回來。族中長老見了他頭痛十分，我一見了他，就像是生命之中，充滿了燦爛的金色陽光。

有一次，他帶回來了許多盆竹子，其中有一盆，據他說，那是「奪天地之造化」而成的「鬼竹」，竟能根據人的思念，而在竹身上現出被思念的人的形象來——當時我真的認為那像一截枯竹一樣的東西，是神仙的寶物。

當然，即使是現在，稱之為「神仙的法寶」，也無不可，那所謂「鬼竹」，自然是一具儀器，這儀器能接收人的腦能量，將之形象化，就像是電視機接收了信號而現出畫面來一樣。

（這一段異事，我在記述少年生活時，曾很詳細地披露過。《少年衛斯理》中，有不少我那位堂叔的故事。）

總之，七叔是我心目中的偶像，只可惜他回老家的時候不多，所以格外令人想念他。

我也記不清最後一次見他是什麼時候的事了，總之是在少年時期，一直沒有任何形式的聯絡。

到我開始有了自己的生涯，在世界上每個角落，都有熟人，也可以說足迹遍天涯了，可是卻一直用盡方法，也打聽不出他的行蹤來。

我曾和不少人提起過七叔，主要的是向見多識廣的白老大打聽，可是白老大卻搖頭：「沒有聽說過，從來不知道有這樣一號人物！」

白老大也曾廣泛地去找尋他，以白老大的交遊之廣，自然又勝我許多，可是也音訊全無，問家族中僅存的一些長輩，也都不知他的下落——他們對七叔根本沒有好感，自然也不會留意他的動向！

就是這樣的一個神秘人物，忽然有一封給他的信，要由我轉交，這事情，當真是奇怪到了極點！

我拿着信，怔了好久，呆若木雞，許多年前的事，一下子全都湧了上來。溫寶裕知道我少年時的偶像人物，知道七叔是一個神秘人物，所以由得我發怔。

過了好一會，他見我仍然不出聲，就提醒我：「信是從錫金寄來的。」

我「啊」地一聲，這才注意到信封上的郵票，很是奇特，郵戳不是很清楚，信上也沒有發信人的地址。

錫金這個地方，處於西藏、不丹、尼泊爾和印度之間，閉塞之至，屬於沒有什麼人留意的地方，這個本來是有二十萬人口的獨立國，好像不知在什麼時候，變成了印度的保護國，又被吞併成了印度的一個邦。

除了前些年，錫金的君主，曾娶了一個西方白種女子為后之外，那是被遺忘了的國度。

我沒有熟人在那裏——最有可能在那裏的，是我認識的攀山專家布平，還有可能是跟了佛教精神研究者去參研生死之謎的陳長青。或者，盜墓之齊白，也有可能在這個古老的山國出沒。

但那些只是我的朋友，七叔會有什麼朋友在那邊呢？

我一面思索，一面拿起信來，向光亮處照了一照，信封很厚，看不到信中有什麼。

溫寶裕在一旁不出聲，他看我滿面疑惑的神情，一言不發——他和我熟，知道有幾件事，我很是堅持原則，其中之一，就是決不擅拆他人的信件，所以，他這時，一定是在設想如何說服我。

果然，過了一會，他開口了：「信是託你轉交的——」

我立時道：「我不是收信人。」

溫寶裕很乖巧，他「哦」的一聲：「你能找到衛七先生，把信轉交給他。」

我悶哼一聲：「不能！」

他緊釘了一句：「那你就可以看看信的內容，或許信上有線索，可以找到他！」

我仍然冷冷的說：「這不知是什麼邏輯！」

溫寶裕大聲說：「不是什麼邏輯，是人人在這種情形下都會做的事！」

若是能有七叔所在的線索，這對我來說，確然是極大的誘惑！

溫寶裕又道：「而且，邏輯上也站得住，至少七叔知道你的地址，才能告訴人家寄信來，可知他見過寄信人，你如果和寄信人聯絡，就可以知道他的消息。」

我深深地吸了一口氣：「說得是，可是——」

溫寶裕陡然轟笑了起來：「不必『可是』了，信的內容，我已知道了！」

我怔了一怔，也就知道他是如何得知的了，他道：「我可沒拆開信。」

陳長青的那棟大屋中，有的是各種各樣古怪的儀器，再加上他近日認識了一雙怪人，戈壁沙漠，來往甚密，要不拆信而得知信的內容，易如翻掌。

我悶哼了一聲：「其為賊則一。」

溫寶裕笑得滑頭：「可知道小賊偷到了些什麼？」

我瞪了他半晌，長嘆一聲，我實在太想知道這位久無音訊的七叔的消息了，所以只好點了點頭。

小寶為人很有分寸，他沒有進一步取笑我，立刻就拿出了一張照片來：「經過X光透視，和特別處理，知道信封之內，只有一張小小的紙片，紙片之上，並無文字，只畫着三樣東西，請看！」

他把照片交了給我，照片上的物事不是很清楚，但是卻也一看就知道那是什麼。

而我一看之下，只覺得剎那之間，「轟」地一聲響，全身的血，一下子全都湧向腦際，而且，像沸水一樣地翻騰。雙眼看出去，連近在眼前的小寶也看不見了；少年時的往事，卻一起出現在眼前，構成了平面重疊的立體，擠在一起，各自活動，各自呈現，看來雜亂之極，卻又條理分明，真是奇特之極。

耳際除了響起過去的各種聲音之外，還有小寶焦急的詢問聲：「怎麼了？你怎麼了？知道這三樣物事，代表了什麼信息？」

我不知道這種情形持續了多久，但等我定過神來，看到溫寶裕滿頭大汗的情狀，就知道至少有十來分鐘了。一看到我「蘇醒」（溫寶裕的用語，他說我在這段時間，比中了邪更可怖），他就把一瓶酒塞向我手中，我打開瓶蓋，仰天喝了一大口。

他又問：「這三樣不相干的物事，是什麼意思？」

我再吞了一口酒，才道：「我不知道！」

溫寶裕當然不相信，我一看之下，反應如此強烈，但竟然說不知道那是什麼意思！他不出聲，只是望着我，我又道：「真的不知道——但是我可以把一切全都告訴你，那是很久以前的事了，那時，我還是少年。」

溫寶裕連忙點頭：「慢慢說！」

正在這時，白素和紅綾，一起走了進來，我連忙把信和照片，一起交給白素。

我和白素，多年夫妻，無話不說，雙方之間的了解程度，和自身一樣，我們常說，我們兩人的記憶組織交雜，大有可能分不清誰是誰的了。

白素一看，也大現訝異之色，紅綾湊過頭來看，瞪大了眼睛，全然不明所以。

白素吸了一口氣：「你把這段往事，對他們說一說，七叔若是因此有了消息，那太好了！」

白素根本沒有見過七叔，但是正如剛才所說，我和她的記憶，已融而為一，七叔在她的心目之中，自然也有了同樣的地位。

紅綾最喜歡聽故事，一聽就高興，從我的手中搶過酒去，大聲道：「一個好的故事，從一瓶好酒開始！」

這是我曾經說過的一句話，不過我說的是「一杯好酒」，她卻改成了「一瓶」。

說着，她一仰頭，已有半瓶酒倒進了她的口中。

我先向他們介紹了七叔的為人，單是這個開始，已聽得兩人嚮往不已。

對了，自然也得先向讀者諸君，說明一下照片上的三樣物事是什麼。

那真是毫無關連的三樣東西：一隻銅鈴，一簇共七朵的花，和一隻手掌。

這三樣東西，在模糊不清的照片上看來，自然只覺有點古怪，不會有什麼震撼，但是，當年看到了實物的人，卻都大為震動。

東西，是七叔帶來的。

那晚，正是舊曆年的小年夜，大雪紛飛，七叔是披着一身雪花，像寒風一樣捲進來的。

由於是小年夜，大堂中聚集了不少家人，約有七八十個，古老屋子的大堂，是真正的大堂，不但大，而且極具氣派，兩根粗大的柱子，把大堂分成內外兩個部分。輩分高的長輩，在內堂，都有座位。輩分低的則聚在外堂，除非是年紀大的，不然，都沒有座位。

「輩分」這玩意，是中國大家族中十分奇妙的現象，輩分高的，自然是長輩，但是輩分的高低，和年齡的關係是不規則的，並不是一定輩分高的年紀就大。

那時，家族是四代同堂，也就是說，排輩分，有四個輩分可排。我的輩分很高，屬第二代，所以有不少白髮蒼蒼的老人，反而是我的堂侄，要叫我小叔的，至於已成了年的，要叫我小叔公的，也大有人在。

我這一輩，有資格在內堂據一座位，在我這一輩中，自然以我為最小，同輩的人中，有年逾古稀的了，但是在族規之下，一樣稱兄道弟。

大堂中不但人多，而且燈火通明，四角老大的炭盆，炭火閃爍，外面雖然北風呼號，大堂之中，卻是鬧哄哄、暖烘烘。

大宅進大門，是一個大天井，過了天井，是一個偏廳，過了偏廳之後，是一條走廊，這才進外大堂，進入內大堂——我說得這樣詳細，是想說明，七叔風一樣捲進來的勢子是何等飈疾，他身上的積雪，竟沒有融化，行動之快捷，可想而知。

我由於輩分高，坐在成年人和老年人之間，聽他們說些其悶無比的話題，已是不耐煩之極，一看到了七叔，大是高興，自椅子上一躍而下。

由於七叔的突然出現，內外大堂上的人聲，一下子全都靜了下來。

一則，是由於七叔的輩分高（第一代），大家都對他尊敬。二則，由於七叔每次回來，總要生出一些是非，所以大家對他很是忌憚。再加上他人雖不在祖居，但只要三五天住下來，誰做了一些什麼事，他都能知道，該罵的罵，該罰的罰，該賞的賞，絕不含糊，也不留情面，所以見了他，族人大都不敢放肆。

在陡然靜下來時，只有我大叫着，向他奔了過去，叫聲自然刺耳了些。當時，族中最高地位的，也是我的堂叔，是七叔的親哥哥，排行第三，已被尊稱為三老太爺好多年了。

三老太爺首先打破沉寂，叫着我的名字，喝道：「別奔，慢慢走！」我先停了一停，再走到七叔面前，仰慕之情，不能抑止，抱了他一會。

這時，我才發覺，七叔不是空手來的，他肩上負着老大的一隻盒子，他把盒子放了下來，拍打着身上的積雪，雪花有些濺到了我的臉上，立刻融化了，涼浸浸的，很是舒服。

七叔又脱下了帽子，向四方作了一個揖，朗聲道：「大家都在，好極了，我有一事，懇求大家合作。」

內外大堂仍是寂然無聲，三老太爺乾咳了一聲：「老七，你又有什麼花樣？」

三老太爺和七叔年紀相差近四十歲，同父異母，但兄弟感情頗篤，七叔有什麼事，由三老太爺擔下來的，就有好多次。

七叔笑着：「三哥，我要放些東西，在這上頭！」

他說，向大堂的正樑上，指了一指。

正樑是大堂建築上的主要結構，也是整個大堂，甚至整座大宅的最主要的一處所在。

正樑的兩面，是懸掛匾額的所在，象徵整個家族地位的匾額，就掛在那裏。

第二部

是真是假

大宅之中匾額很多，掛在正樑兩邊的，最最重要，屬於家族顯赫的象徵。

七叔此言一出，人人看他帶來的那隻大盒子，心想莫非其中是一幅什麼大人物題字的匾額。

一時之間，傳來了一陣竊竊私議之聲。三老太爺倒是深知七叔為人，知道他不會做這種正經事，狀元、宰相寫的匾額，就曾給他罵過：「什麼東西！」

三老太爺竟知道事情會有麻煩，所以搖着龍頭拐杖，站了起來，聲音緊張：「老七，別胡來！」

也難怪他緊張，因為大堂的正樑之上，是全宅的風水關鍵所在，若是七叔放了一尊裸女像上去，那還成什麼體統，族人也必然大嘩。

（他上次回來，帶回來一具裸女像，三老太爺氣得兩天沒睡覺。）

七叔笑道：「三哥莫緊張，東西放上去，不往上爬，看不見的！」

他這樣一說，可知東西是見不得人的了，不但三老太爺，另外幾個長者，也一起叫了起來：「老七！」

七叔哈哈大笑，伸手自一個長者手中，取過了酒壺來，先揚了一揚：「好壺！」然後就着壺嘴就喝了一大口，這次是真的由衷稱讚：「好酒，是林窖的十年陳汾酒吧！」

那長者眉花眼笑：「老七的見識，是沒得說的！」

三老太爺還是不放心：「老七，不要又是上次那樣的髒東西！」

七叔搖頭：「你放心，這東西，和菩薩有關！」

七叔進來，我迎了上去之後，就一直在他的身邊，心中很是好奇，想知道他要放什麼在大樑之上，這時一聽和菩薩有關，各長者大大地鬆了一口氣，我卻大失所望。

一番話功夫，七叔帶來的那盒子上，積雪全已融化，七叔把盒子放平，向我作了一個手勢，示意我把它打開來。

盒子扁平，看來是羊皮所製，黑漆漆的，看起來，很有些年歷史了。

我按下了銅扣子，打開了盒子，只見盒中有盒——三個凹槽之中，又各有一盒在。

內盒子大小約一尺見方，都在用深紫色的緞子作襯裏的槽中，本身也用同色緞子包着。

七叔叫着我的名字：「小心取出來，讓大家開開眼界，見識一下寶物。」

此言一出，內大堂中的人，都圍了上來，外大堂上的人，不敢僭越，都伸長了脖子張望。

我取出了一隻盒子，七叔一把把我抱了起來，高高舉起，好使各人都看到我手中的物事。

大堂上高懸着許多盞燃煤油的氣燈，這種燈發出的光芒——相當強烈，而且接近螢白色，人人的目光集中在我的手上，那使我十分得意。

我手法俐落地抖開了盒子外的紫色緞子，剎那之間，人人都發出了「啊」地一聲驚呼，我也大吃一驚，幾乎一鬆手將盒子跌了下來！

原來那盒子之上，鑲滿了各種寶石，在強光之下，寶石發出眩目的光彩，以致我像是捧了一團五彩光華變幻不定的光團！我自己不覺得，後來有人告訴我，在那一剎間，寶光映得我的臉上，都七彩繽紛！

族中長者，全是在外面見過了世面，這才告老還鄉的人，自然知道這些光芒四射的寶石，無一不是稀世奇珍。所以個個震呆，緊接着，呼叫「老七」之聲，不絕於耳，雖然只是叫着七叔的名字，但是那是責問他，這樣貴重的物事，自何而來的意思，卻再明白不過。

七叔大聲道：「各位放心，我雖然心野，但祖訓不敢違，作奸犯科的事，決計不做！」

七叔一向說一不二，他這樣一說，各人都靜了下來。這時，我也定下神來，七叔吩咐：「把盒子打開！」

我吸了一口氣，打開盒蓋，只見襯墊之上，是一隻黑漆漆，毫不起眼的小銅鈴。

看到是一隻銅鈴，我想任何人的反應，都會和我一樣，我一伸手，就拈起了它，也就在這時，我聽得七叔暴喝一聲：「別——」

可是在「別」字之下，七叔又說了什麼，我就根本聽不見了（後來才知道七叔喝的是「別碰」），因為拈起了銅鈴，我自然而然，順手晃了一下，甚至不是故意的搖動，可是再也想不到，那麼小的一隻銅鈴，竟然會發出如此驚人的聲響來。

它所發出的聲響，不是震耳欲聾，而是尖利無比，像是鋼針穿耳，令得耳鼓劇痛，同時，也震動了腦部，產生了一種令人驚恐莫名之感，眼前發黑，天旋地轉，禁不住要失聲尖叫！

這樣意外之極的變化，我當時處理得極好——七叔後來，對我讚不絕口，說我有泰山崩於前而色不變的鎮定，雖然實際上，當時我正難過得五臟六腑，都像是在翻滾一樣，苦痛莫名。

我強忍着痛苦，立即翻手，把銅鈴緊緊捏在手中，這樣一來，銅鈴自然就發不出聲音來了。

我當時的感覺，是捏在手裏的鈴，還不斷想震動，要用盡氣力，才能使它靜止下來。

等我定過神來時，才發現受了鈴聲震動的，不止我一個人，我只不過是首當其衝而已。

我向各人望去，見有的人已定過神來了，有的人還是驚惶失措。七叔是所有人中，最鎮定的一個，他把我緩緩放了下來：「慢慢地，把它放回去，別讓它再發出聲響來。」

我只覺得喉嚨發乾，想答應一下，卻出不了聲，所以只好點了點頭。

我極小心地把鈴放了回去，果然沒有再弄出聲響，我吁了一口氣。

直到這時，才聽得三老太爺顫聲問：「老七，這是什麼鈴？我看就是閻王老子的攝魂鈴，也不過如此了！」

七叔答道：「我也不知道這究竟是什麼鈴，只稱之為佛鈴。」

一個長者追問：「是菩薩的法器？」

七叔搖頭：「不知道，過幾天會有人客來，或許能夠解答。」

他說着，自己拿起第二隻盒子來，打開，卻是一簇七朵花，其色紅、黃交間，鮮艷無比，宛若迎陽初綻，像是花瓣上還沾着露珠一樣，看得人屏氣靜息，盡皆呆了。

那時候，人們的概念之中，還沒有「假花」這個想法（因為沒有假花這種東西），所以一時之間，面對着如此嬌艷的花朵，個個目瞪口呆，連大氣也不敢出。

七叔指着花，轉了一個身，就把花放進了盒中，蓋上了蓋子。

各人至此，才算是齊齊透了一口氣。七叔道：「這是佛花。」

一個長者口誦佛經：「阿彌陀佛，佛祖在經壇之上，說法之際，曾拈花微笑，不知是否就是這花？」

七叔聽了之後，眉心打結，對那長者的話，顯得十分重視。那長者又道：「若是此花，曾經佛法點化，自然萬年不朽，嬌若初放了！」

當時我對這番話，只是似懂非懂，卻見七叔和不少長者，連連點頭，想來那番話總有些道理。

七叔大大地吸了一口氣，這一次，他先宣布第三樣物事是什麼，他一字一頓：「第三件，是佛掌。」

他這一宣布，各人都為之一呆，一時之間，都不知「佛掌」是什麼意思。

當然，大家都知道，「佛掌」，那自然是佛的手掌。但若是盒子之中，竟然是一隻手掌的話，那也未免太駭人聽聞了！

一時之間，各人的目光，都停在第三隻盒子上。七叔神情肅穆，先雙掌合十為禮，再捧起那盒子來，打開盒蓋，先把盒子向他自己，別人在這時候，看不到盒中放的是什麼東西。

然後，他緩慢地把盒子翻向外，在他身前的人，便首先看到了盒中的東西。

我正在他的身前，而且離得他最近，自然也看得最是清楚，我的天，那可不正是一隻手掌！

那當然是人的手掌，掌心向着上，膚色白裏透紅，看來紅潤之至，指甲略長，掌心紋路清楚，五指呈微彎狀，掌下約有兩寸手腕連着，然後平整無比。

我一下子吸了一口氣，在接下來的一分多鐘內，並沒有呼吸，我相信任何看到了這手掌的人，都和我一樣。

七叔仍是緩緩轉了一個身，使四周圍的人，都能看清這手掌。

然後，他就合上了盒蓋。

七叔還有不少動作，他合上了放手掌的盒蓋，再用紫緞將之包好，放進大盒，再合上大盒的蓋，又用紫緞將大盒包了起來。

他在做這些事的時候，像是他的周遭根本沒有人一樣。所有的人呆若木雞，我相信所有的人，眼前都還晃動着那隻紅潤的手掌，那隻像是隨時會摸摸你的頭，拍拍你的臉頰的手掌。

那種情景，本來極度詭異，但至少我在當時，沒有那樣的感覺，我只覺得那隻手掌，如果真的來碰我，我會感到十分親切，我會緊握着它，像是孺子握住了慈父的手掌一樣。

最先打破沉寂的，還是七叔，他重複了一句：「這是佛掌！」

剛才誦佛經的那長者，立即又朗聲念起經來，一時之間，不少人跟着念，大堂之中，竟是一片祥和。

過了好一會，經聲漸止，七叔才道：「這盒子三件物事，我要放在正樑之上，請大伙同意。」

三老太爺咳了兩聲：「對本族有什影響？」

七叔道：「自然是降福賜祥，只是不日會有遠客來，或許會有些爭執，請勿大驚小怪！」

各位長者互望，儘管還有疑惑之色，但由於剛才看到的情景太難忘，也太神異，所以他們不約而同，都點了頭。

很奇怪的是，內外大堂那麼多人，人人都見到了那隻手掌，但是，竟沒有一個人問七叔一下，那手掌是真的還是假的！

這個問題，看來若是問了，會是一個很愚蠢的問題——當然是假的，若是真的手掌，離開了人體，怎能維持得如此紅潤，生機勃勃！

但是問題也正在這裏，如果是假的，怎能假得如此有生氣，分明是一隻真的手掌！

我想，當時大家都不問，主要是由於被「佛掌」這個稱呼懾住了心靈，覺得既然和菩薩有關，那麼，一切神異，都可以接受，也不必深究——在宗教神話氣氛濃烈的情形下，這是很平常的事。

許多人之中，我是例外，我實在想問一問，那手掌是真的還是假的。

可是我才輕輕拉了七叔的一下衣角，表示有話要問他，他就向我使了一個眼色，示意我先別出聲，有話等一會兒再說。

他既然有了這樣的暗示，我自然只好忍了下來。反正我年紀雖然小，但和七叔天南地北，作竟夜之談，也不是沒有發生過。

這時，族中的長老都已答允了七叔的請求，七叔的神情也就嚴肅了起來，一提氣，發話之時，聲音鏗鏘，強而有力。他道：「這盒子放在正樑之上，七日之後，我就會帶走。在這七天之內，若有誰敢去妄動，或對之有不敬褻瀆，事關全族福祉，莫怪我衛七不講情面！」

一番話詞正意嚴，說得全場，鴉雀無聲。七叔就在這時，一撩衣襟，帶着那隻長盒，身形上拔，「嗖」地一聲，便已飛身上樑。

族中武風極盛，幾乎誰都在武術上下過點功夫。七叔露了這麼一手，一時之間，掌聲雷動。

七叔並不是整個人都上了正樑——正樑之上，既然是神聖的所在，若是整個人都上去，就大不敬了。他只是一手搭住了正樑，一手舉盒，放到了正樑之上，然後一鬆手，飄然而下，落地無聲。

他落地之後，向各人拱手：「遠行疲倦，不陪各位了，七日之內，若有遠客來，一概由我應付就是。」

他一再提及會有「遠客」來，卻又不說明是何等樣人，更是叫人好奇心大發。

他說着，過來拉住了我的手，就一起向外走去，我本來就打算藉故跟他離去，唯恐長者不允，這一下，更是名正言順之至了。

七叔在大屋角落處的一個院子中獨居，這院子平時很少人來，七叔不在的時候，也就空着。院中種了許多竹子，綠蔭森森，很是幽靜。

（這院子，後來由我師父王天兵居住。我師父王天兵是一個極神秘的人物，是我武術的啟蒙，他也是由七叔帶來的——這些事，我都曾記述在《少年衛斯理》中。）

還沒有進院子，我就急不及待地問：「七叔，那隻手掌，究竟——」

誰知一反常態——七叔本來，最喜歡我問各種問題，愈古怪愈好，但這次他打斷了我的話，沉聲道：「莫問真偽，莫問。」

我有點不服氣，還是問了一句：「為什麼？」

七叔有好一會不出聲，這才道：「因為我也不知道。」

他頓了一頓，又道：「真假、虛實，其實都是一樣的，當是真的就真了，當是假的就假了，當是虛的就虛了，當是實的就實了！」

我在向各人敍述到這裏時，伸手在臉上重重抹了一下：「當時七叔說得很認真，可是我卻根本不懂！」

紅綾急問：「現在明白了？」

我笑了一下：「還是不明白——據說，若是明白了，那就是大徹大悟的境界，立地成佛了！」

七叔的話，類似「佛偈」，含有似是而非的哲理，誰都會說，容易得很。聽的人也大都不求甚解，最多興一時之感嘆；或略有所悟，絕少真有人真去深究——如果真要研究何以把假作真時假就會真，那是一輩子也弄不明白的事。

我們之間，白素和我，自然懂得這個道理，溫寶裕也明白，只有紅綾，從未接觸過這類偈語，雖然她的知識豐富之至，可是我轉述的那幾句話，卻聽得她目瞪口呆，不住的搖頭，不明其中的深意。

白素唯恐她想得入魔，忙道：「孩子，這種話，當不得真，不必去細想。」

紅綾卻道：「當不得真，那就是假的了，可是假的又可以當真的，那究竟是怎麼一回事？」

我令氣氛輕鬆：「就是那麼一回事，說的人故意要令人不明白。」

紅綾畢竟單純，聽了信以為真，「哈哈」一笑，不再去深究了。

當時，我等七叔說完，就十分肯定地說了一句：「當然是假的，那手掌看起來太像是真的了，所以是假的。」

話一出口，我發現愈說愈糊塗了，就再自我解釋：「我的意思是，那手掌看來像是活的一樣，像長在人身上一樣，所以當然是假的。」

因為太像真的，太像活的，所以當然是假的。這種說法，聽起來有點拗口，但卻能說明事實——一隻離開了人體的手掌，保存得再好，也不可能和長在人體上一樣，所以它是假的。

我當時，對自己能有這樣的分析，感到很得意。七叔卻沒有說什麼，只是在我的肩上拍了拍。

當晚，七叔表現得很沉默，和往日的滔滔不絕不同，只是喝悶酒，我陪他喝了幾杯，他打發我走：「去睡吧，過兩天，或許有熱鬧看。」

我問了一句：「可是有遠客來？」

七叔皺着眉，並沒有回答，我再問：「來的會是何等樣人？」

七叔吸了一口氣：「不知道，只知道一定會有人來！」

我少年老成，勸七叔：「常言道來者不善，善者不來，七叔要小心！」

七叔笑了起來：「我會應付，我要是應付不來，還有你幫我呢！」

這句話，令我飄飄然，受用之至，全然沒有想到，我又能幫七叔什麼呢？

第二天，是大年夜，過年氣氛極濃，我一天沒見到七叔，到那院子中去了幾次，積雪把竹子都壓彎了，發出吱吱聲，他像是不在。往常，我一進院子，他就知道，就會叫我進去，他不出聲，我生怕打擾了他，也就不敢深入了。

再一天，大年初一了，族人在大堂團拜，一批一批的人來來往往，幾個長老坐着等人行禮，七叔本來也應該在內的，但是他沒有出現。

進入大堂的人，目光都不免在大樑之上停留一會，神情既疑惑又崇敬。爆竹聲此起彼伏，人人講話都要提高聲音，所以過年總是鬧哄哄的。

到了年初三，七叔還是沒有露面，我有點沉不住氣了，在那院子中徘徊了半天，正待出聲時，忽然聽得外面一片喧嘩。至少有幾十個人一起在叫，有的叫「七叔」，有的叫「七叔公」，也有的叫「老七」。

喧嘩叫聲迅速移近，幾十個人有老有長有年輕的，一面叫，一面氣急敗壞奔過來，單是那一陣腳步聲，就令人有心驚肉跳之感。

從這種情形看來，一定是有什麼意外發生了，連我也受了感染，大是緊張。

轉眼之間，一群人已奔了過來，呼叫之聲，更是驚天動地。在眾人的呼叫聲中，只聽得院子內傳來了一聲暴喝，響亮之極，一下子就將喧騰的人聲，全都壓了下去。

緊接着，人影一閃，七叔已經掠進了人叢之中，喝道：「早叫你們別大驚小怪，吵鬧什麼？」

各人的神情，全都驚恐莫名，宛若大禍臨頭，七叔的呼喝，雖然起了一定的作用，但也未能免除眾人的驚恐。一時之間，又有許多人叫了起來：「你快出去看，你快出去看。」

七叔悶哼一聲：「我就出去看，天塌下來，有我頂着，啥事都沒有，自己倒先亂了起來。」

七叔的氣概非凡，令我大是心儀，我大聲道：「天塌下來，由我們頂着。」

七叔向我望來，哈哈大笑，伸手拉了我，向外便走，眾人七嘴八舌，跟在後面。

一路上，又有好幾批人，神色驚惶地奔了進來，一見到七叔，全都讓路，然後跟着七叔一起向外走。

大宅之中，到處都有人湧出來，不少青年人的手中，都持着棍槍刀劍，大聲呼喝，以壯膽識，七叔厲聲告誡：「千萬別輕舉妄動，誰先動手，闖下了禍，就要誰負責！」

四周圍人奔來奔去，發出各種各樣的聲音，環境混亂之至。就在那種雜亂無章，人聲鼎沸的情形下，我聽到了更奇怪的聲音，自外面傳過來。那是一種「嗚嗚」的吹奏聲、鈴聲，還有許多金屬碰擊的聲音，和許多宏亮有節奏，但是全然聽不懂的人聲。

我直到這時為止，根本不知發生了什麼事，只感到七叔握着我的手，我也就什麼都不必怕。

我深深地吸了一口氣，大宅的門口，聚集的人更多，各人一見七叔，立刻讓出道來，我才看到了外面發生了什麼事。

老實說，當時見識少，就算看到了眼前的情景，也無法知道發生了什麼事。我在許多年之後，敍述給紅綾和溫寶裕聽當時的情景，是以後了解究竟發生了什麼事，才組織而成的場面。

第三部

重責加身

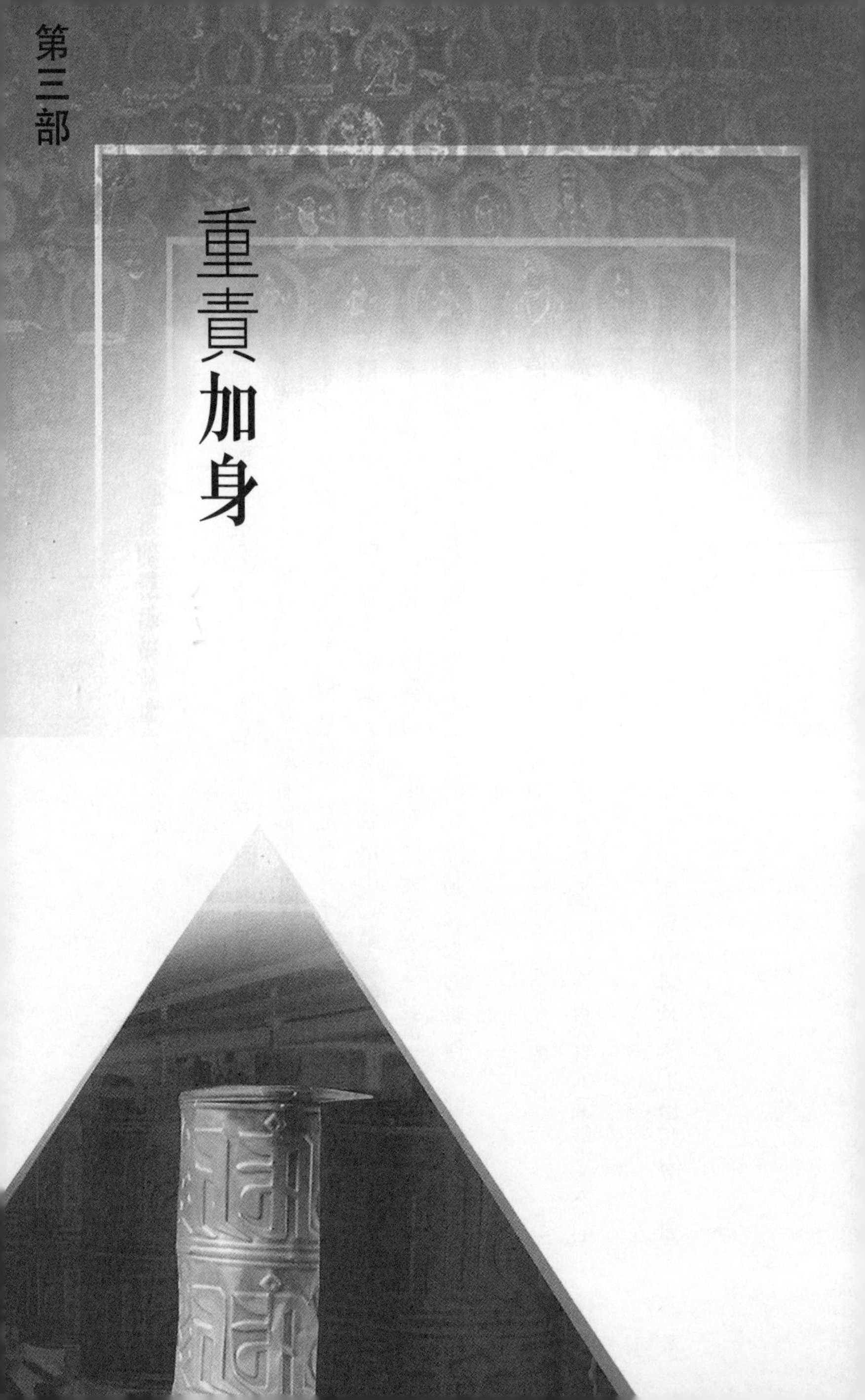

當時，我只看到屋前的空地上，來了許多陌生人，那些陌生人的打扮，古怪之至。

一時之間，也數不清有多少人，服裝一致，穿着大紅大黃的寬袍，分別只在有的頭上戴着老長的牛角形怪帽，有的戴着圓形的、有許多稜角的帽子。

他們的手中，各有物事，看來像是杖，足有一丈多長，杖尖有着各種裝飾，在寒冬的陽光下，閃閃生光，晃動之際，就傳出金屬碰擊的聲音。

有的雙手捧着長得不可思議的號角，正在鼓氣吹奏，發出「嗚嗚」的聲響，有的在敲鑼打鈸，有的在搖鈴，也有的在揮動老大的旗幡，迎風呼呼有聲。

這些怪模怪樣的人，只要口有空的，就都發出古怪有節奏的聲音。

他們人雖多，也古怪之極，但還不致於引起驚惶。而令得各人又驚又怒的是，他們之中，有十來個人，竟然上了戲台。

戲台是為了過年而搭起來的，自初一到十五，不斷有各地來的戲班登台獻藝，那是過年的習俗，也是預祝一年好運之意。

但這時，一群戲子，不知如何，站在台下，一副手足無措的模樣。

而在台上，演戲用的交椅之上，卻坐了一個怪客，還有十來個，圍在他的周圍，看起來，這個坐在交椅上的人，地位最高。

來人佔據了戲台，這就構成了高度的挑戰行為，難怪所有人都緊張萬分了。

看到了這種情景，我也大是緊張，七叔沉聲道：「別怕！這些全是喇嘛教的喇嘛，不是不說理的，你跟在我身邊就是！」

他說着，鬆開了我的手，大踏步向前走去，我緊跟在他的後面。

這時，我才知道，幾天前，他一再提及的「遠客」，原來是喇嘛，而且還不是一個，而是來了一大群。

我那時，對喇嘛教也略有所知，心想，那坐在戲台上的，一定是活佛了。

定睛看去，那活佛年紀甚輕，樣子很不錯，並不兇惡，反倒是有不少身形高大的喇嘛，一面晃動法杖，一面橫眉豎目，看來很兇。

七叔一出大門，我們這方面的人，已全都靜了下來，靜待七叔行事，所有嘈雜的聲音，也全由那群喇嘛傳出來，一直到七叔來到了戲台前，所有的聲音才戛然而止，一時之間，其靜無比。

那時，連下了幾天的雪已停了，正是大好晴天，積雪耀目，雪後本來就顯得寂靜，剛才如此吵鬧，忽地一下靜了，也就格外地靜。

七叔在戲台前略停了一停，向我作了一個手勢，示意我留在台下，他身形拔起，已經到了台上。

在我們向戲台走去之際，那許多在台下的喇嘛，都在向戲台靠攏，所以一等到七叔上了台，戲台的四周，已全被喇嘛圍住，我四面一看，一個自己人也不見，全是怪形怪狀的喇嘛，心中也不免發怵。

但是在這種情形下，其勢又不能現出害怕的神情來，只能硬着頭皮挺着。

許多喇嘛，都盯着我看，目光異特，看得我頭皮發麻，我索性大着膽子，回望他們，漸漸地發現他們的目光雖然怪異，但並無惡意，反倒大有敬佩之意。

這令我放心不少，我定神去看台上發生的事。只見七叔上台之後，向坐在椅上的人拱了拱手，動作很是緩慢，慢慢走到了那活佛面前，略行了一禮，説了幾句話。

七叔的話，我一句也聽不懂，後來才知道他説的是藏語，七叔會説許多種語言，日後我在語言方面，也大有所成，也是受了他的影響。

那活佛站了起來，在台上的喇嘛，都大是緊張，一起跨前了一步。那活佛先是雙手合十，算是還了一禮，接着，向七叔攤開了手掌。

這個「身體語言」，倒不難明白，他是在向七叔要什麼東西。

七叔搖頭，又説了一句話。那活佛也搖頭，説了一句話——接下來的時間，他們兩人都一面搖頭，一面説話，顯然是談不攏了。

不一會，那活佛忽然焦躁了起來，怪叫了一聲，在台上的喇嘛，齊齊呼應，而且向台上頓着法仗，聲勢十分之猛惡。

我在台下，為七叔捏了一把汗，七叔卻泰然自若，忽然改用漢語：「你生氣也沒有用，我受人所託，關係重大，你説不出暗號來，我絕不能答應你的要求！」

那活佛顯然聽得懂，大口呼氣，又氣惱，又無可奈何。

七叔又道：「照說，你應該知道暗號，或許一時不知，將來會知道！」

那活佛也口吐漢語：「我一定能知道！」

七叔道：「好，你何時知道了，何時來找我，一定會如你所願！」

那活佛忽然悶哼了一聲，粗聲粗氣道：「你要是死了呢？你又不會轉世，上哪裏找你去？」

七叔像是早已料到他會有此一問，立時向站在台下的我，指了一指：「這是我的侄子，他現在年幼，六十年後，當還在人間，你可以找他！」

我在台下，聽得七叔這樣講，真是奇怪之極！

七叔又道：「他叫衛斯理，自幼異於常兒，日後必然大大有名，你要找他，不是難事。」

那活佛向我望來，目光炯炯，又問：「他怎知道暗號是什麼？」

七叔道：「在我臨終前，必然會告訴他，你可以放心。我是可付託之人，不然，也不會有現在的事發生！」

那活佛對七叔的話，竟相當認同，半晌不語，望了身邊一個老喇嘛一眼。

事情突然之間，有了這樣的變化，我實在不知道該有什麼反應才好，除了着急得暗暗頓足之外，一點辦法也沒有。

那活佛和老喇嘛之間，也不知用什麼方法，有了溝通，活佛大喝了一聲，多半是同意了七叔的話。立時有一個喇嘛張開了一柄大傘，遮住了他，他也步下台來，前面由一隊喇嘛開道，其餘喇嘛擁簇着，一路吹打法器，晃動法杖，浩浩蕩蕩，聲勢壯大，愈走愈遠了。

在喇嘛離去之時，七叔也下了台，站在台前不動，我來到了他的身邊。

族中有一些大膽好事的人，跟着喇嘛，跟到了大路，才知道大路上停着許多汽車，可知那一大隊喇嘛，大有來頭，不是等閒的人物。

喇嘛一走，族中的長老就圍住了七叔，一時之間，七嘴八舌，全是各種的問題。七叔抿着嘴，並不回答，等眾人的聲音告一段落，他才道：「沒事了，大家別問，因為我也說不上是怎麼一回事。」

長老之中，三老太爺能得眾人崇敬，當然不是單憑他輩分高，而是他行事很有條理，看得遠，看得準。他指着我：「老七，你把他拖下了水，要有個交代才是。」

七叔回答得極有力：「三哥放心，自家孩兒，我豈有害他之理！」

我覺得也該表示一下態度，所以一挺胸：「七叔有什麼事，只管吩咐就是。」

七叔在我肩頭上拍了兩下，拉着我的手，走回大宅去。一場風波結束，看來和族人再無關連，只是我和七叔之間的事了。

我興奮之極，剛才經歷了那麼古怪的場面，而七叔又必然有一個稀奇的故事告訴我，那實在是人生之至樂（小時候對人生的要求簡單得很）。

到了七叔的住所，進了門，七叔就喝酒，我等了又等，他只是不開口。我大約每隔十分鐘，就叫他一次，叫到第九次，他才向我望來，口唇掀動，欲語又止。

又過了好一會，我實在忍不住了：「七叔，你該告訴我是怎麼一回事了！」

七叔望了我半晌，才長嘆一聲：「是應該告訴你，可是你實在太小，我怎麼說你都不會明白，唉！」

他真正感到十分苦惱地在嘆氣，而且一面喝酒，一面不斷敲打他自己的頭，以顯示他心中的苦惱，是何等之甚。

我性子急，自小已然，這種情形，令我十分不耐煩，我提高了聲音：「你都未曾說，又怎知道我一定不會明白呢？」

這句話，算是很有力量，七叔聽了，果然張開口，想對我說話了。可是仍然沒有聲音發出來，呆了一會，搖了搖頭，又合上了口。

我一頓足：「七叔，你不是怕你怎麼說我都不會明白，而是你自己根本不明白發生了什麼事，所以才無法對我開口說！」

我當時這樣說，目的只是為了刺激七叔快點對我說，別把我當作什麼都不懂的小孩子。誰知道七叔一聽，居然長嘆一聲，承認了我的話：「對，我就是自己都不明白，所以才不知如何說才好！」

我大失所望，不知說什麼才好，過了一會，我才發急：「七叔，你不會一直留在家裏吧！」

七叔道：「當然，過了初七，我就走了——人怎能常留在家裏，一定要四方遊歷，你也是一樣，愈早離開家愈好，才能知道外面的世界。」

我後來果然很早就離開家了，那是後話，表過不提。

我發急：「你走了，要是再有喇嘛來，我可應付不了，該怎麼辦，你總得告訴我！」

七叔望了我半晌，才道：「我其實不應該把這擔子加在你的身上——」

我搶着道：「也不是什麼擔子，我只要知道事情的經過，也就很容易應付。」

七叔抬頭向天，喝了幾口酒，這才道：「大約半年多之前，我在錫金的首都剛渡，遇到了一個老喇嘛——」

七叔的故事從這樣的一句話開始。那時，我的知識恰好可以知道錫金、剛渡、喇嘛，所以聽七叔的敍述，並無困難。

七叔在說了這一句之後，向我解釋了喇嘛教的神秘信仰，和教義中對於生命的探索和研究。最主要的是向我說明，喇嘛教信仰之中最重要的一點，是相信靈魂轉世，由於有些宗教儀式在秘密狀況之下進行，所以又稱為密宗。

這是我接觸密宗佛教之始，在我以後的經歷中，有許多與之有關，也因此引發了許多有關生命奧秘的探索，我有一個最好的朋友，甚至跟着密宗喇嘛，不知所蹤了。這一些，我都曾記述過，可以由那些記述中去了解，不再重複了。

喇嘛教的活佛，都有轉世的功能，一直到公元一九九〇年，一個出生於西班牙的兒童，被確認為一位活佛的轉世。而到了公元一九九三年，美國加里福尼亞州，也有一個兒童，肯定了是活佛轉世。

活佛轉世，在喇嘛教而言，是天經地義的事。

而轉世的方式，也幾乎有固定的程式——活佛臨終時，會有一定的預言。多半是說出若干時日之後，在什麼地方，會有一個兒童或少年，就是轉世的靈童。

於是，根據活佛的指示，就由有地位的喇嘛，或也是活佛，去依言尋找，一定可以有所發現。

發現了之後，還要經過一些確認的手續，例如認出活佛以前的用品之類。但據說，在不少情形之下，兒童或少年見了來人，都會立刻說：你們來了，而且，能認識來的是什麼人。

這種現象，是人類生命中最奧秘的一環，確信並且實行了千年計。

這些有關喇嘛教的信仰，現在已愈來愈多人，從非宗教的角度去研究，可是，似乎一脫離了宗教的規範，所有的研究，一無結果，或許那是人類的知識領域，未能突破這一局限——若是一旦突破了，人類對自身生命的奧秘，就有了解，那時，人類文明，就必然進入一個嶄新的，和幾十年來的傳統文明截然不同的新境界。

我當時，對七叔的闡釋，不是完全理解（一直到現在，對於這種神秘的現象，也不能說完全理解）。我急着聽七叔敍述經過，所以耐着性子聽完了。

七叔這才說起了他的經歷。

由於七叔性好尋幽探秘（我好奇心極強，當然屬於家族遺傳），所以，他對於喇嘛教的那種涉及生死奧秘的現象，也極具興趣，曾經在西藏的幾個大寺中流連忘返，結交了不少活佛、高僧和智者。他在錫金的剛渡，也是在一座古寺之中，認識了那個老喇嘛的。

認識的經過很是神奇，他經過那座古寺，想進寺去，但是寺中正在進行一項儀式，拒絕外來者進入。於是，他信步踱到了寺側的密林。

林中光線黑暗，參天古木，一株接着一株，他走進去沒有多久，就看到前面一株大樹後，有人向他招手——精確一點說，是在距離他約有七八步遠的一株大樹旁，有一隻手，在向他作招手的動作，他只看到了一隻手，並沒有看到其他，但是在這樣的情形下，立刻理解為「樹後有人向他招手」，是十分正常的反應。

他向前走去，看到了在大樹後面，有一個老喇嘛，背靠着樹幹在打坐，見了他，只是翻了翻眼皮，目光混濁之至——那老喇嘛老得難以形容，七叔說，當時真懷疑他是生還是死，其老可知。

七叔心中很是疑惑，他向那老喇嘛的雙手看了一下，老喇嘛的雙手，這時正擺出正宗的打坐姿勢，林中光線雖然暗，但也可看出，這雙手，經歷了近百年的歲月，已是又瘦又乾，皮膚之下，血管憤起，宛若有蚯蚓隱伏，很是可怖。

七叔不由自主，用力搖了搖頭，努力想在腦海之中，再浮現剛才看到樹後有人向他招手的情景。可惜那一瞥印象不深，很難確定那隻手是什麼樣子的了。但那隻手，絕不屬於這老喇嘛，卻是可以肯定的事。

那麼說，附近另外有人了！

他四面看着，卻又不見有人，自然，林木甚密，有什麼人向他招了手，再躲起來，他一時之間，也不容易發現。

他一出現，老喇嘛就用混濁的目光盯着他看，看得他極不舒服。同時，眼前的一切，使他覺得很是詭異，他不想多逗留。

所以，他向那老喇嘛行了一個禮，就想離開，但是，他才踏出了一步，那老喇嘛就開口說話。老人的聲音很特別，乍一入耳，還以為是腳下枯葉被踐踏之後所發出的碎裂聲。

老喇嘛一開口，說的是錫金的一種土語，只有雷布查族人才使用的那種，七叔在語言上有過人的才能，對於這種冷僻的語言，可以聽懂。老人是在責問他，為何會來到他的面前：「你沒有看到樹上有警告告示，不准前進麼？」

七叔見對方責問得聲色俱厲，若不是對方年老，又看得出是地位很高的喇嘛，七叔也不會去睬他。七叔當時，捺住了氣：「我沒注意告示牌，是有人向我招手，要我走過來的！」

這句極普通，照實說的話，卻引起了老喇嘛異乎尋常的反應，只見他陡然睜大了眼，目光炯炯，剛才，幾乎懷疑他的雙眼之中，是否有瞳仁，可是此際，卻是黑白分明，目光淩厲之至。

看到了這種情形，七叔心中，嘖嘖稱奇，更知道對方不是普通人了。

老喇嘛圓睜雙眼之後，聲音也變得清越：「你說什麼，再說三遍！」

他不說「再說一遍」，卻要求「再說三遍」，也算是怪不可言。

七叔認定了對方是高人，所以立刻，再把有人向他招手的事，說了三遍。

老喇嘛聽得十分用心，聽了之後，閉上眼睛一會，才問：「你只見到了手，沒見到人，對不對？」

七叔連說了三聲「對」，老喇嘛先是大有訝異之色，目光在七叔身上，掃來掃去，接着，喃喃自語一番，忽然又盤問起七叔姓名，何方人氏，七叔一一回答，老喇嘛最後的問題，卻教七叔嚇了一跳。

老喇嘛道：「你可願隨我在寺中作喇嘛？」

七叔對於喇嘛教的種種神秘，雖然極有興趣，但叫他出家當喇嘛，他卻連想都未曾想過。所以，他不由自主，後退了一步，一口拒絕：「不！我不願！」

老喇嘛倒也不感到意外，只是說了幾句話，七叔不是很明白。他說的是：「有些事，我現在不明白，不過你很有可能，是我教中高人轉世，只是你靈智未復，所以自己不知道。」

七叔啼笑皆非：「我看不會，我不覺得自己有什麼慧根，也愛酒色財氣，每頓都不離肉，吃不得素。」

七叔為了不想當喇嘛，說的話有些近乎插科打諢，十分可笑。

那老喇嘛卻道：「那算什麼，全是皮相，你若進寺勤修，就有機會恢復前智——你必然與我教大有淵源，不然，那手不會招你前來會我！」

七叔愈聽，愈覺得怪異，甚至遍體生寒。因為老喇嘛的話古怪之極，什麼叫「那手」，聽來竟像是獨立的一隻手，而不是屬於什麼人！

七叔忙道：「今日有幸得見高人，我是俗人，緣已至此，告辭了！」

老喇嘛「哈哈」大笑，聲若洪鐘：「緣才開始，你如何走得？我有一大段因果，要說與你聽！」

七叔並不是沒有見過世面的人，可是當時，他聽了那老喇嘛的話，竟如同五雷轟頂一樣，自然而然，佇立不動，失去了離去的能力。

老喇嘛說了這兩句話之後，閉上了眼睛，再不出聲。七叔等了好久，仍然不敢離去，也不知道老喇嘛何以忽然入起定來。

七叔後來才明白，老喇嘛那時，正在「神遊」——通過思想，去探聽了解一些信息，有道行、高超能力的喇嘛，多有這類神通。

老喇嘛這時，去了解的是，何以七叔會和他有緣，會來到他的身前，會看到有人向他招手。

七叔明白這些，是由於至少在一小時之後，老喇嘛睜開眼來之後的幾句話。老喇嘛睜開眼，神情還是不大明白，可是口中卻道：「不錯，是你，究竟是何因緣，竟連我也不知道！」

七叔那時，急於脱身，聞言忙道：「或許是大師弄錯了，與貴教有緣的不是我！」

老喇嘛説的話更玄，七叔一直不是很明白，他説道：「我會弄錯，他絕不會弄錯。」

七叔不明白老喇嘛口中的「他」是誰，雖然立即追問，但得不到回答。

老喇嘛又道：「與我教有緣的，確然不是你，但又非從你身上開始不可！」

這話，七叔當時，簡直一點不懂，直到後來，大群喇嘛找上門來，我忽然和這件事發生了關係，七叔在向我敍述了他的經歷之後，才略有所悟：「莫非你才和喇嘛教有緣？通過我，把事情落到了你的身上？」

我當時聽了，十分惶惑：「我怎會和喇嘛教有緣？」七叔自然也說不出所以然來。

第四部

教中劫難

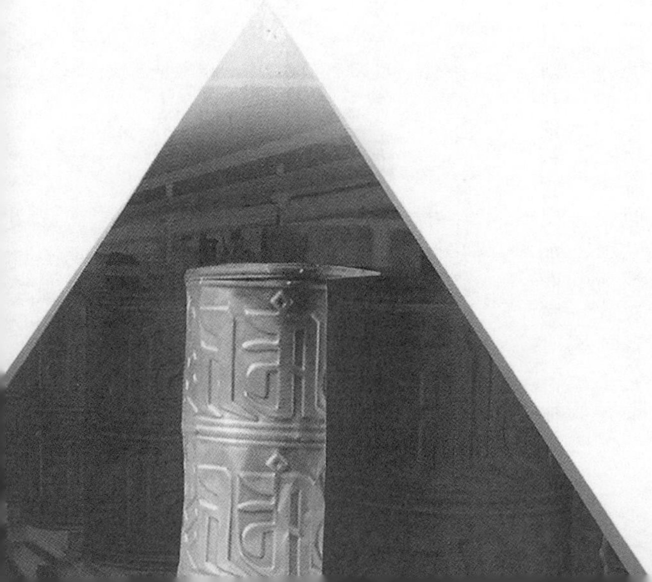

所以，老喇嘛的話，究竟是什麼意思，一直不是十分了解。以後，我有多次和喇嘛教接觸的經歷，也說不上是有緣還是無緣。許多年之後，由於沒有什麼特別的事發生，所以也就沒有放在心上。

直到這時，才又勾起了久遠的回憶，事態往下發展，出人意表之至，下文自有交代。

卻說當時，七叔等老喇嘛說因果，老喇嘛示意七叔在他對面坐下來，七叔很自然地，也學了對方打坐的姿勢。

老喇嘛一開口，就出言驚人：「若干年後，天下大亂，會有天翻地覆的變化——」

七叔一聽對方開口，題目竟然如此之大，而且所作的預言，如此駭人，他也不禁打了一個突。

（在這裏，我要作若干聲明。我現在記述這件事，有些地方，並不完全照實，例如，老喇嘛告訴七叔，七叔再轉告我，一些大事發生的年份、時間，都是很確切、很肯定的。但我的記述之中，就變成了模稜兩可的「若干年後」、

「某一天」等等——這是我記述經歷的一貫作風，老朋友都知道的。）

（不但是時間，還有一些地點、人名、稱號，我也棄原來的不用，而代以他詞。這也是我的舊作風，例如在一些故事中的「最高領袖」之類，說我是故弄玄虛，也無不可，總之我不會直說，但在有改動之處，我一定會加以括弧說明。）

七叔肅然起敬，老喇嘛頓了一頓，才又道：「在大變化中，本教將有七大劫難，第一大劫，是大活佛離開神宮，遠走他方。」

（這裏的「大活佛」，和下文會出現的「二活佛」，都是我杜撰的名詞，他們本身都有專門的尊稱。「神宮」也是一樣。）

七叔聽得目瞪口呆——他當然知道大活佛在喇嘛教中的地位，不但在宗教上，在政教合一制度之下，在政治上，地位也是至高無上，更是神宮主人，如何會離開？若真有這樣的事發生，那變化之大，也只有天翻地覆可以形容，當然也是喇嘛教的大劫難！

老喇嘛喟然長嘆：「大活佛和二活佛之間，本就一直不和，大活佛一走，二活佛自然地位大大提高，只可惜，這個二活佛是假的！」

七叔聽到這裏，不由自主，發出了呻吟聲來。

二活佛的地位雖然不如大活佛，但也是信徒萬千，非同小可的教中領袖，怎麼會是假的？

七叔對喇嘛教也不是一無所知，所以他疑惑：「不會吧！活佛每一代轉世，都經過手續繁複的確認，怎麼會是假的？」

老喇嘛半晌不語，才道：「其中緣故，我下面會說，主要是他告訴我的。」

這是老喇嘛第二次提及「他」了，七叔又追問了幾次「他是誰」，可是沒有回答。老喇嘛卻有點不耐煩：「你只管聽我說，別打岔。」

七叔心中雖不以為然，但急於聽對方還有什麼驚人的預言，所以就忍住了不作聲。

老喇嘛續道：「這個假的二活佛，並起不了什麼作用，只是一個木頭人，他不會活很久，問題是在他死了之後的轉世靈童身上——」

七叔聽到這裏，忍不住打岔：「那二活佛既然是假的，自然不會有轉世靈童，還會有什麼問題？」

老喇嘛這次並沒有不耐煩，長嘆了一聲：「巧的是，上一任二活佛的真正轉世靈童，在相隔了數十年之後才托世，也正在那時出生，你明白了嗎？」

事情是相當複雜，但七叔是聰明人，略想了一下，也就明白了。

事情是上一任的二活佛去世之後，他的轉世靈童要在幾十年之後才出生。但是別人卻弄錯了，找了一個不是靈童的小孩，當作了二活佛，所以這個二活佛是假的。

等到這個假的二活佛也死了，就要再找轉世靈童。若是根據假二活佛臨終的指示去找，找到的也必然是假的，那就一直假下去了。

所以，必須找到真的二活佛的轉世靈童，糾正過去幾十年來的錯誤。

七叔漸漸覺出事態的嚴重性，因為二活佛地位高，權勢大，這其中牽涉到如宗教、政治、權力和財富種種問題，甚至可以令得歷史改寫！

他也感到，他正在陷入這個複雜無比的真假二活佛的糾葛之中，他並不願有這種情形出現，所以再一次推辭：「我只是一個俗家漢人，我看，大師不必再向我說這段因果了！」

老喇嘛卻堅持：「不，你是有緣人，殆無疑問，且聽我說下去。」

七叔無可奈何，只好繼續聽下去。

老喇嘛又道：「上一任二活佛圓寂時，我是在他身邊，唯一聽到他遺言的人。」

說到這裏，老喇嘛滿是皺紋的臉上，現出了極度深切的悲哀。他停了好一會，才又道：「可是為了一些原因，他們故意不相信我的話，自作主張，把一個根本不是轉世靈童的孩子，硬當成了二活佛轉世。」

七叔知道，這其中必然涉及可怕的權力鬥爭，老喇嘛沒有明說，他也沒有問下去。

老喇嘛又道：「他們甚至無視二活佛留下的三件遺物，把我趕出寺院，這些年來，我忍辱偷生，遠走他鄉，為的就是要等真正的轉世靈童出世，可是我知道自己等不及了，我已油盡燈枯，今世的生命將要結束——」

聽到此處，七叔已經有點明白老喇嘛會要他做些什麼了，他雙手連搖：「你今世生命結束，可以等來世！」

老喇嘛苦笑一下：「我知道我再托世，會在許多年之後。已經有了一代假的二活佛，不能再有第二代，這尋找真正二活佛轉世靈童的責任，就要落在有緣人的身上！」

老喇嘛說這話時，直視七叔，七叔心中又是好氣，又是好笑：「我是教外之人，就算我找到了，教中各級活佛，肯信我嗎？」

老喇嘛居然道：「這一點，我也不解，但你既然是他的手招來的，必屬有緣。」

這已是第三次提到「他」了。七叔悶哼一聲：「他的手？他人在何處？」

老喇嘛笑：「他人早已坐化，招你來的，是他的手！」

七叔想大笑，可是又感到詭異莫名，笑不出來。那時，老喇嘛挪了挪身子，現出了他身後的一個很大的樹洞來，洞中斜放着一隻長形的箱子。

老喇嘛並不轉身，他雙臂竟能彎出一個不可能的角度，自身後取到了那箱子，放到了身前——這種扭曲肢體的本領，是瑜伽術的一種，七叔本也知道，但那老喇嘛使得如此自然，也叫人大開眼界。

等到老喇嘛打開了箱子，展現了箱中三件物事時，七叔才真的傻了眼，他盯着那手掌看，依稀感到，在樹後向他招手的，就是這隻手，一隻手單獨存在，這實在是難以想像的怪事。

七叔想伸手去碰那手掌，可是又不敢。不去碰它，還可以說那是假的，要是碰了，是真的，真不知心理上是否能負擔得起這樣怪異的事實。

我在聽七叔說到這裏的時候，曾問：「你到底有沒有碰過它？」

七叔吸了一口氣：「沒有，我不敢，你敢嗎？」

我也吸了一口氣，我想說我敢，可是轉念一想，又覺得可怕，所以又搖了搖頭。

那手掌，竟一直不知是真的還是假的！

當時，老喇嘛極其鄭重地道：「真正二活佛的轉世靈童，就要靠這三樣東西來確認。」

七叔神情充滿了疑惑，等他作進一步解釋。

老喇嘛的神情，更是嚴肅，看來莊重無比，他一字一頓地道：「靈童不必打開盒子，就知道盒中的三樣法物是什麼，能一一叫出它們的名稱。」

七叔聽了，心想，那一鈴一花，還有可能憑瞎猜猜中，盒內竟然會有一隻手掌在，那是萬萬猜不中的了。能不打開盒子而說中盒內的物事，其人當然是貨真價實的轉世靈童了。

老喇嘛又道：「說出盒中的物事，只是轉世的暗號之一，接着，打開盒子，他會先取手掌，令掌拈花，再取鈴搖動，那鈴雖小，但是西方真金所鑄，發出的聲響，極其驚人。」

（這一點，我領教過。）

老喇嘛續道：「他會搖鈴九十九下，鈴聲遠振，可達百里之外。凡在百里之內的喇嘛，一聽鈴聲，就會知道真正的二活佛轉世已成，自然會趕來迎駕，那時，就大功告成了！」

七叔聽得心中暗暗稱奇，他道：「今日得聞這段因果，幸何如之。」

老喇嘛一笑：「不是聽了就算，自今日始，這三件法物，就由你保管了！」

七叔大吃一驚：「這是貴教極重要的……寶物，怎可由我來保管？」

老喇嘛卻自顧自道：「教中必有不屑之徒，想來謀奪，但若說不出暗號，他們也不敢強取，你是有緣人，這就拜託了！」

老喇嘛說畢，雙手作了一個古怪的手勢，就此靜止不動，七叔叫了他幾聲，了無反應，一探鼻息全無，老喇嘛竟自圓寂，去見宗喀巴祖師，不知何年何月，再轉世降臨人間了！

七叔做夢也沒有想到，林中漫步，會生出這等事來，他當然可以不加理會，逕自離去，但是好奇心又強烈，想知道事情發展下去，究竟會怎樣。

所以，他就把老喇嘛的法體，移進了樹洞之中，帶着那長盒子回鄉來了。一路上，也不知是怎麼走漏了風聲，第七八天起，就有喇嘛盯上了他。終於，在七叔回家之後，有大批喇嘛，找上門來。

七叔採取了一回老家，便公開了那三件物事的法子，因為他知道，若有人要謀奪，他一人之力保不住，放在大堂的正樑之上，等於以全族力量去保護，來的人再多，也決計取不走的。

等到七叔把經過説完，我不禁目瞪口呆：「那是幾十年之後的事了，這三件物事，你要保管幾十年？」

七叔皺着眉：「看來只好如此，我當然會找一個要害的所在存放，但轉世靈童出現時，我未必還在人世，這就要轉託你了！」

我心想，這事也不難，反正那靈童到時，自會找來，不費什麼工夫，所以也沒有異議。

七叔在初七那天，帶盒子離去，臨走我送他到碼頭，上船時他道：「下次再來，我告訴你把三件寶物存放在何處。」

可是，再也沒有想到，七叔那一去，再也沒有回來過……

在他走了一年，杳無音訊之後，族中長老曾廣派眼線，去探明他的下落，可是竟無法獲得半分消息！

沒有了七叔的消息，自然也不知那和二活佛轉世靈童有關的三件法物的下落——七叔足迹無定，誰也無法猜到他把東西放到哪裏去了。

不多久，我也離開了家鄉，在外闖蕩，定期設法探聽老家的消息，都沒有七叔的下落。

常言說得好：光陰如箭，日月如流，若干年之後，喇嘛教之中，果真發生了大劫難，大活佛離開了神宮，成了流浪者，二活佛立時受了重用，地位大大提高。

我記得七叔告訴過我的話：這個二活佛是假的。但這種話，說了也不會有人相信，除了和白老大、白素提起過之外，誰也未曾說過。

白老大在聽到七叔那段經歷時，也嘖嘖稱奇，以他的人面之廣，傳出話去，要找衛七先生，可是也一樣沒有結果，反倒有些不明究裏的人，以為衛七先生就是我，着實令人啼笑皆非。

這件事，就一直存在我的心中，我幾次和喇嘛教中人有來往，也沒有把這件事說出來，實在是由於事情牽連太廣的緣故，我也不想去淌這個渾水。

不久之前，那個被老喇嘛認為是假的二活佛，又突然去世。大活佛出走，二活佛去世，這二活佛的轉世靈童，頓時被推到了極重要的地位上。關係着數以百萬計的人的信仰和未來，是宗教世界中的一件大事。

那時，我正在忙着，聽到了這個消息，又知道了一些二活佛不合身分的行為，自然想起「假的」這個問題來。

白素早年，曾和一些地位崇高的喇嘛有過來往，她為喇嘛出入生死，做了一件大事，所以很得一些活佛的尊敬。我曾和她討論過，是不是由她出面，向喇嘛教有地位的活佛，說一說這件事。

但是考慮下來，還是作罷了。一則，那三件法物，不知所蹤，口說無憑。二則，這件事，關係到一大幅土地的統治權，和政治有關，事情大到可以產生暴亂，發動戰爭，演出屠殺，不能輕舉妄動。

我和白素的結論，很具黑色幽默。我們兩人一致認為，活佛既然神通廣大，總有可以使他的轉世者被信徒確認的方法，活佛的神通之中，包括了「他心通」在內，可以運用這種神通，使教中長老找到靈童——有了這樣的結論，把這件事放過一邊，也就心安理得了！

雖然決定不加理會，但是有關這方面的消息，也時時加以留意。二活佛圓寂之後，葬禮風光之極，而各方面的勢力，也展開了尋找轉世靈童的工作，不過，並未曾有結果。根據那老喇嘛的說法，不論是哪方面的勢力，找到的都不會是真的，這事情不知如何才是了局。

而今，突然之間，一封經由我轉交衛七先生的信，自天而降，溫寶裕利用儀器，看出了信上並無文字，只是畫着三樣物事，銅鈴、手掌、花，正是三件法物，本來擱過一邊的事，忽然又變得非處理不可了。

我把當年的事，向溫寶裕、紅綾說着，時間已彷彿一下又回到了好多年之前，頗是唏嘘。

等到我說完，各人都靜了下來。

過了一會，溫寶裕才苦笑：「這信是無法轉交的了，只是不知道發信人是誰，在這種情形下，拆開來看個清楚，總可以吧！」

我搖頭道：「更不可，不看信，可以說找不到七叔，事情與我無關，看了信，等於把事情拉上了身！」

紅綾不以為然：「七叔早就把事情交給了你，你推也推不掉。」

紅綾對於輩分不是很明白，她以為「七叔」是人名了。我皺眉：「這事，最好不理，讓喇嘛教和各方面的勢力去弄，找出來的靈童，真也好，假也罷，只要有人信，也就都一樣。」

溫寶裕和紅綾都不滿意我的說法——他們年輕，有了這樣稀奇的事，自然躍躍欲試，哪裏去理會事情的輕重。

我明白他們的心理，就笑着問：「依你們之見，又該當如何？」

溫寶裕裝模作樣，來回踱了幾步：「最終目的，是幫助喇嘛教，找出二活佛的真正轉世靈童，莫讓幾百萬有虔誠信仰的教徒，受了矇騙。」

紅綾也一反常態，竟然很是嚴肅：「宗教信仰涉及的範圍極廣，可以探討的地方極多，像活佛在結束了一次生命之後，可以轉世，就奇妙之極，那是生命最大的奧秘，值得研究。」

對於兩人的說法，我心中其實很同意，但是我故意道：「轉世托生，也沒有什麼了不起，不外乎是靈魂和身體的關係，道理並不深奧。」

紅綾的回答，一語道破：「道理雖然不深，可是人類至今為止，對這個問題，還只是種種假設，一點實際的研究收穫都沒有！」

我笑了起來：「我見過一位，肯定是教中的活佛轉世，這人生長在一個十分閉塞的小島上，可是卻熟知喇嘛教的一切，但是問他，轉世究竟是怎麼一回事，他也茫然，一無所知。」

溫寶裕道：「為了發明電燈泡，愛迪生也試用了上百種材料。人類生命上的最大奧秘，總不能在三兩個例子之中，就得到解決。」

我攤開雙手：「好，這件事，所有的資料，你們知道得和我一樣多，我就交給你們去處理好了。」

溫寶裕和紅綾互望了一眼，溫寶裕道：「不公平，你至少見過那三件法物，而且，又不准我們拆信。」

我反駁：「我在許久之前，見過一次，情形已和盤托出。信你等於看過了，只要找到七叔，信你愛怎麼看都可以——你究竟接不接手？」

溫寶裕笑：「當然接手，處理這事，最好的方法是以逸待勞，容易得很。」

我悶哼了一聲，紅綾道：「怎麼個以逸待勞？」

溫寶裕豎起手指來：「首先，我假定發信人，就是二活佛的轉世靈童！」

他這一說，我暗暗點頭——這小子的想法，也正是我的想法。溫寶裕一看我的神情，便知道我和他「英雄所見略同」，他頓時手舞足蹈了起來。

他又道：「只有轉世靈童才知道暗號，而信中所示，正是暗號，所以發信人就是轉世靈童！」

紅綾皺着眉，她顯然是就這個問題，進行思索——她這時的情形，很是獨特，十足和電腦在運作一樣。她腦中儲存的記憶，資料極多，要在極短的時間內發生作用，她的腦細胞正在迅速而繁忙地活動。

她先搖了搖頭，這才道：「未必，當年，整個族人，都見過這三件法物，都有可能發出這樣的信。」

溫寶裕道：「可是族人不知道那三樣法物，是確認轉世的暗號！」

紅綾的思路，自然比溫寶裕縝密得多，她道：「信上也沒有說明那是暗號——當年見過法物的人，也經歷過喇嘛上門索討的場面，他忽然到了錫金，想起了往事，又不知七叔在何處，爸卻是個大名人，就發了這樣的一封信。」

溫寶裕眨着眼：「目的何在？」

紅綾道：「不一定，或許是想敘舊，或許是想和七叔聯絡，和爸聯絡，或是表示一下回憶的樂趣，這些可能都存在。」

溫寶裕仍然眨着眼：「我提出的可能，總也成立！」

紅綾道：「當然成立！而且，你說的『以逸待勞』，也大是可取——發信人不論是誰，我想，他很快就會來找我們！」

我和白素都大奇：「何所據？」

紅綾道：「七叔下落不明，人人皆知，發信人偏要爸轉信給七叔，其實目的是借這封信，作為可以和爸見面的進階！」

白素一直在加強紅綾的語文能力，看來效果很好，像『何所據』這樣的問題她也聽得懂，又會運用『進階』這樣的名詞，所以我立時鼓掌，表示讚賞。

溫寶裕笑道：「那得在這裏貼一幅告示：欲知衛七先生消息者，請到陳氏大宅，跟溫寶裕面談。」

我笑：「真有人來，第一時間通知你就是。」

溫寶裕在告辭離去之前道：「像這類有趣的信件，若是天天都有，那就好了。」

我揮手令他速去，在他走了之後，我拍打着那封要我轉交的信，望向白素。

白素明白我的心思，她徐徐地道：「這其中牽涉到的權益太大，為了爭權奪利，人什麼醜惡的行為都做得出來，我並不看好。」

第五部

牽涉重大

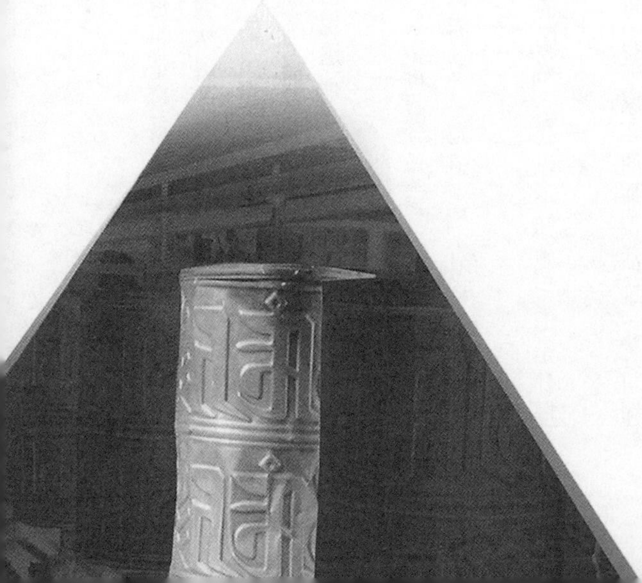

我明白白素所謂「並不看好」的意思是，這事情發展下去，不會是單純的生命奧秘的探索，而必然是權位的大爭奪，涉及大片江山的統屬，那是可以有千萬人頭落地的大爭奪。

本來，一個人身分的真偽，牽連的範圍不應如此之廣。但這個人若是二活佛，而且是大活佛已不在位的二活佛，那就會出現這種意料之中的場面。

我嘆了一聲：「我們以不捲入漩渦為原則？」

白素秀眉打結：「但是令他們知道有這種情景，也屬必要。」

我知道白素對喇嘛教有深厚的感情，所以望向她，她道：「有幾個地位很高的活佛在印度、錫金，我想可以主動和他們聯絡一下。」

我點了點頭——白素一直和他們有不定期的聯絡，我也不知她用的是什麼途徑和什麼方法。

兩天之後，白素神色凝重地來問我：「當年到你家鄉的那個活佛，你可還記得他的樣貌？」

我攤了攤手：「不記得了，只覺得很是兇惡。」

白素道：「我聯絡上了一個跟大活佛逃亡的活佛，他說，當年派出的那隊喇嘛，由大活佛的親信帶隊，原來大活佛和二活佛之間，也有矛盾鬥爭存在，當年大活佛不知如何得到信息——應該說，是大活佛的親信，得到了信息，所以才想趁機可以控制二活佛，當時大活佛年紀還小，神通未曾恢復，什麼也不知道——」

白素講到這裏，略停了一停：「但現在大活佛早已成年，他雖然離開多年，但是在那片土地上，仍然具有無可比擬的影響力。這種影響力，若是擴展開去，可以導致一個新的國家的誕生——」

我一聽得白素說到這裏，雙手亂搖——事情再次從記憶中勾引起來，我最不想提及的，一再說過牽連極大的，也正是這一點。

大活佛這些年來的活動，一言以蔽之，是想改變如今的現狀，要創造歷史。他的雄心壯志，和現狀起極大的衝突，決不會出現和平演變的可能，要變，必然是血腥的反抗和鎮壓！

我噓了一口氣：「大活佛的影響力，無論如何強大，都強不過機槍大炮。」

白素揚眉：「不可能的事，有時會一夜成真。」

我知道白素何所指：世界上最大最強的國家蘇聯，剎那之間瓦解，那是無可反駁的實例。五年之前，若有誰說波羅的海三小國會很快獨立，有誰會信？

白素又道：「天下大勢，本就分久必合，合久必分，豈有一成不變之理！」

我不再和她爭下去，只是道：「大活佛努力了那麼多年，毫無成果。」

白素道：「有很大的因素，是由於二活佛站在大活佛的對立面之故。若是大活佛、二活佛站到了同一陣線上，局面就不同了。」

我聽了，陡然一怔，手心之中，竟然隱隱在冒汗。

白素提出來的情況，嚴重之至！

宗教本來就是形成一個國度的主要因素。在一個全民都屬教徒，而且宗教信仰極其強烈虔誠的地方，宗教力量高於一切，外來勢力本就不易入侵。

就算外來的強勢，佔有絕對武力上的優勢，那也不能令信徒屈服，大活佛離開神宮，就是最好的例子。大活佛離開了之後，外來強勢利用二活佛的地位，利用二活佛和大活佛之間的矛盾，大大優待二活佛，甚至允許他公然娶妻生女，目的再明顯也沒有，就是想通過二活佛的地位和宗教上的影響力，來達到外來勢力鞏固之目的。

這些年來，外來強勢在這種情勢下，雖然做得不是很成功，但總也可以維持。

而這種情形，得以維持，二活佛居功甚偉——照老喇嘛說，那二活佛是假的，所以才會有這種情形出現。如果二活佛是真的，那麼，二活佛就會和大活佛一樣，採取一致的立場。

當地的諺語，連小孩子也能上口：「天上有太陽，月亮；地上有大活佛，二活佛。」

大活佛遠離，靠二活佛這個「月亮」，勉強還可以充撐場面，若是二活佛和大活佛的立場一致，雖然外來強勢還能以鐵腕控制，但是，那和坐在火山口上，也就沒有多大的分別，自然麻煩叢生，隱憂不絕，而場面也總會有失去控制的一天！

所以，對外來強勢而言，絕不願真的二活佛出現。他們必然希望二活佛一直假下去，那他們也就一直可以利用二活佛來控制局面！

這也就是為什麼強勢如此隆重對待已死的假二活佛，並且積極參與尋找轉世靈童的行動——這種宗教信仰，和強勢的主義信仰，本來截然相反，若不是有巨大無比的利益可圖，決計不會出現這樣的情形！

白素的一句話，引得我想起了那麼嚴重的問題，一時之間，我一面想，一面望着白素，一句話也講不出來。

白素也望着我，神情肅穆，可是頗有挑戰的意味。

我深深吸了幾口氣，才算是定過神來。

我一字一頓：「照這種情勢分析下去，真正的二活佛轉世，決無冒出頭來的機會。」

白素居然立刻同意了我的話——這很出於我的意料，因為我知道她對喇嘛教，由於當年曾有一段淵源，所以感情很特殊，她一定會想為真的二活佛做一點事。

果然，她才點頭同意了我的說法，卻又道：「是，不論找任何政治分析家來分析，都會得出這個結論，真正二活佛的轉世靈童，要冒出頭來，等於豆芽想穿透一公尺厚的水泥板一樣，絕無可能——但那是理性的、正常的分析。」

我再吸了一口氣，白素繼續道：「可是，二活佛圓寂之後，事隔幾十年，轉世再生，這件事，本身就非理性，是宗教性的！」

我完全可以明白白素這番話的意思。白素的意思是，宗教信仰，除了可以凝聚教眾的意志，匯集成為一股巨大的力量，還有更大的力量在。那種力量，就是宗教本身的神秘力量。

每一種宗教，都有它強調的神秘力量，這種神秘力量都是超自然的，屬於神的力量。天神的力量，不是人的力量所能抗衡。外來強勢的力量再大，也只不過是人的力量，應當敵不過超自然的天神之力。

白素的意思就是：人力不可為，神力卻可為！

我一時之間，沒有作出表面上的反應，因為我要好好想一想，該如何把白素在她的想法上拉回來——白素的想法，對我們來說，危險到了極點，我們也只是憑人力，沒有神力可恃，如何用豆芽去穿透一公尺厚的水泥？

而且，基本上，我相信有超自然的神力，相信有靈魂，相信能轉世，也相信人力再強大，也敵不過神力。但是，我對於神力是不是能在適當的時刻降臨，大展神威，卻大是懷疑。

從地球上的歷史看來，各種宗教所記載的，明確之極的神力，似乎都遠離地球，無意再來了！

人類對於神祇的態度，大致可以分為兩種，一種是毫無疑問地相信，相信有至高無上的神的存在。另一種，則少不免持懷疑的態度，或根本不信，或信而希望通過研究、探索，甚至假設，以明白那究竟是一種什麼現象。

我的態度，屬於最後一種。

我相信有各種各樣，超乎人類力量的存在，統稱之曰「神」，但我要假設出一個道理來，是可以粗略解釋這種現象的。

多年來，自身的經歷，和不斷修正，多方面的設想，有了一個大致可算完整的想法。

我根據自身的經歷所作出的設想是：諸神是存在的，甚至確然在地球上有過他們的各種活動。各類宗教的經典中所記載敍述的神蹟，大致上都可以視為真正發生過——神蹟就是神蹟，不必去進行什麼科學的解釋。要知道，正因為人類的科學無法解釋那些事，所以那些事才被稱為神蹟。

神蹟是神的行為，神具有神通，諸神各有神通，神通是人類力量永遠達不到或目前未能達到的一種力量，所以，神不是人——神不是地球人。

從這方面引申開去，我的假設，便有了比較有肯定的結論：諸神不是地球人，諸神是外星人。

外星人來到地球上，憑藉着他們超自然的力量，顯示了奇蹟，在落後的地球人心目之中，就成了神。

而且，我相信，有一個時期，有許多不同的外星人，在這個時期，來到了地球。

那時，地球人的智力，還只在啟蒙時期，對於具有超能力的外星人，根本沒有理解的能力，所以只有衷心地崇拜，宗教也由此形成。

這個時期，大抵是幾個大宗教的教主，開始在地球上行道的時期，宗教的教義，大同小異，教主的性格，則互不相同。

這期間，必然也有不少地球人，在神（外星人）的教導之下，學會了超特的本領（得了道），或甚至於轉換了生命的形式，成了外星人（成了仙），種種有關這方面的傳說和記載，儘管大有可能經過誇張和渲染，但總有一點因由，不會是憑空創造的。

我的想法，大致如上述。所以，我認為如今，幾個主要宗教的神，並不在地球上，如今在地球上發生影響力的，是當年他們的神蹟所遺留下來的影響力，這種影響力是心理上的，不是實則上的。

也就是說，如果喇嘛教徒要改變現狀，外來強勢要鎮壓的話，喇嘛教信奉的精神菩薩聖母什麼的，並不會運用他們的超自然力量來打擊強勢，搭救信徒。

單憑信念的信徒，信念再強，也敵不過地球上的殺人武器——他們或許有可以相抗的外星武器，但不在他們手中，或者，他們不會用。

而他們的神，不知在宇宙的哪一個角落，發生在地球上的事，他們可能知道，可能根本不知道，或是遠水救不得近火，等天神再降，只怕是地球上幾十幾萬年之後的事了！

剎那之間，我想到了那麼多，是由於本來，一切都只是假設，但現在，事情嚴重到了必須根據假設來行事了。

具體一點說：真正的二活佛轉世靈童，不能被確認，不然，社會有巨大的變化。而外來的強勢，亦必然會運用一切力量，扶植他們找出來的靈童，而不讓真正的靈童面世——這其間，任何恐怖、殘忍、卑污的手段，都會使出來，不會留情。

再進一步，如果希望現狀改變的勢力，知道了有真正的二活佛靈童存在，那麼，就一定會盡可能令之被確認，以達到變動，至少可以製造混亂之目的。

那是一個可以無限制擴大的漩渦——可以擴大到招致全世界都捲進去。

我和白素，在這樣的情形下，應該怎麼辦？

當我在思索這一切的時候，白素的思路，自然與我相同，所以我們互望着，一時之間，誰也不說話，神情也都肅穆之至。

難怪我們心情沉重，我們兩人，在過去的歲月之中，曾經有過各種各樣的經歷，面對各種各樣的古怪，可是卻從來也沒有一件事，性質是如此嚴重的。

而且，這件牽一髮而動全身，可以影響世界局勢的大事，都繫於我們的一念之間——我的意思是，如果我們放手不管，和我們積極參與，竟然可以出現改變歷史的局面，在這樣的壓力之下，心情之沉重，可想而知。

白素先開口，聲調緩慢：「若是沒有人主持公義，強權就一定長存，恃勢橫行霸道的事也不絕，正義就得不到伸張，黑白被顛倒，人權被踐踏——那絕不是人類社會應有的現象。」

我苦笑：「我完全同意你的話，但是你所說的一切，正是如今人類社會的寫照；而且，好像自古以來，就是這樣子。」

白素搖頭：「不，雖然很緩慢，但是公義正逐漸抬頭，強權正逐漸沒落——這正是一直有人不畏強權，與它抗爭的結果。」

我抿着嘴——我和白素，其實並不是在爭辯什麼。白素所說的一切，是毋庸爭辯的。我們只不過是在討論，先肯定了應該怎麼辦，然後再逐步去實行。而我們實際上，也都知道，這件事，既然已沾上了身，想揮也揮不去，問題是在於如何在極度的危險之中，一方面行事，一方面盡量保護自己。

我還是多問了一句：「會有什麼後果，你考慮過了？」

白素並沒有什麼咬牙切齒的堅決的神情，她只是姿態優雅地點了點頭，彷彿那只是極微不足道的小事一樁。

我倒有點抑不住心情的激動，迅速地來回走動着，頗有熱血沸騰之感——真正靈童的出現所可能掀起的軒然大波，似乎已經出現。

白素的聲音平靜：「神蹟並不一定已經消失。七叔當年遇到的那個老喇嘛，對日後事態的發展，作了精確的預言，就是奇蹟。大活佛當年，在如此惡劣的形勢下，間關千里，竟能攜帶了大批財物和隨從，遠走他方，也不是他領了什麼特別通行證，儘管有勢力絕不想他逃亡成功，可還是成功了！」

我笑了起來：「你不必舉例來增強我的信心，既然決定做了，我就會盡力。」

白素吁了一口氣：「我聯絡上的那位活佛說，他們，一直跟隨大活佛的那一支，從來也不知道二活佛那邊，有過這種事發生。他們只知道，在上一世二活佛圓寂之後，有一個二活佛身邊的喇嘛，名字叫登珠活佛的，突然失了蹤，不多久，二活佛的轉世靈童，就被確定了。」

我道：「七叔當年遇到的，就是登珠活佛！」

白素道：「有可能——現在的問題是，大活佛那方面，早已明擺着和外來強勢對抗，所以，登珠活佛留下來的信息，要讓二活佛那方面的人知道，也要讓一直被外來強勢所矇騙的教徒知道，形成一股尋找真正轉世靈童的形勢，這方可以對抗強勢的控制和擺布！」

我說得很鄭重：「這些事，一開始，信息由我們這裏透露出去，接下來的事，就不必我們直接參與了。」

白素道：「當然，我相信，有關登珠活佛傳出的信息，現在已經在喇嘛教之中迅速地傳開去了，而且，很容易使人相信，因為當年，也曾有類似的風聲，並且有地位很高的活佛，率隊去追尋信息，這些事，都還有人記得，甚至還有當年的參與者，可以證實其事。」

我吸了一口氣，估計下一步的情形會如何。

白素已說出了我還沒有想到的事：「二活佛方面，多年來，一直受外來強勢的『優待』，甚至不在他應該駐守的寺廟之中，這也引起不少有地位活佛的不滿，我想，當信息傳遞到了一定程度時，一定會有一批有地位，有影響力的活佛，會設法想和當年與登珠活佛有緣會晤的那個漢人會晤，因為只有那個漢人，才有真正二活佛轉世的第一手資料！」

我呆了半晌，倒了一杯酒，緩緩地轉動酒杯，白素所說的「與登珠活佛有緣的那個漢人」自然就是七叔。我也同意白素的推斷，要使人確信二活佛有真有假，就必須有十分確鑿的憑據，決不是空口說白話就可以的。

這是非同小可的大事，只怕是自從幾百年前，正式確認二活佛的地位之後，最重要的教中大事。

七叔自然是一個關鍵性的人物。但是，別說根本沒有人知道七叔在哪裏，就算知道了，七叔出現了，也沒有用，更重要的是，白素剛才所說的「第一手資料」——那三件法物！

想到這裏，我思緒又紊亂了起來，我忽然想到，七叔自那年年初七離開了老家之後，自此就沒有了音訊，會不會和他有了那三件法物有關？

當年，已經有不同勢力的喇嘛，勞師動眾，間關萬里，追蹤七叔，要索取那三件法物，雖然被七叔打發走了，但是事情牽涉到了如此巨大的財寶和權力上的利，對方肯就此算數？

那就大有可能，七叔在離家不久之後，就遭了暗算，中了埋伏，早已遇害了。不然，如此大規模地打探，不可能一點消息也沒有的。

我又想到，七叔當年，在大堂之中，在幾百個族人的面前，展示這三件法物，可能別具用心——他的目的，是要許多人看過這三件物事，留下深刻的回憶，在若干年之後，還能說出當時的情景來。

像現在，若是要求證登珠活佛留下的信息，找不到七叔，找不到那三件法物，若然有一批人，堅稱當年確然曾見過這樣的三件異樣物事，對於想查訪真相的人來說，自然有一定的說服力。

七叔是不是早已料到了自己會遇害，所以才預先作了這樣的安排？

我把我所想的，說了出來。白素很是重視：「當年見過這三樣物事的族人，能召集多少？」

我苦笑：「家族早就散了，真要努力，花一番工夫，十個八個，總可以找得到的。」

白素雷厲風行：「託小郭，立刻進行，備而不用。」

我道：「只怕不是備而不用，是非用不可，因為真有活佛想來求證的話，這是唯一的證據了！」

我的意思是，既然七叔和那三件法物，再無出現的可能，那麼，自然只有依靠當年目擊者的證明了。

但白素卻沒有同意我的話，她緩緩搖了搖頭。我忍不住問：「你的意思是，有可能找到七叔？」

白素仍然在搖頭：「不，我看不出有任何可以找到七叔的可能，但是這封信來得蹊蹺——知道登珠活佛所傳信息的，不止七叔一個人，這個發信人，重要之至，應該把他找出來。」

我同意白素的想法：「找人的事，自然少不了委託郭大偵探。」

白素笑道：「託小寶去找他，叫小寶把經過向他說一遍，我們就省了事了。」

我和白素想省事，事實上，真的省了事，因為溫寶裕一離開，已想到了要把那發信人找出來，所以早已去找了小郭，通過他去找那個發信人。

而小郭也已經採取了行動，他的行動並不誇張，很是大路。他通過錫金當地的各種傳播媒介，發出了這樣的信息：「曾寫信給衛斯理轉衛七先生者請留意，衛七先生多年不知下落，以致尊函無從轉交。請立即和衛斯理先生聯絡，對閣下而言，可能極其重要。」

這信息傳遞得很好，尤其是最後一句。我們的假定之一，那發信人有可能是真正的二活佛轉世，那麼這一句話，就一定可以吸引他，使他露面。

小郭在電話中告訴我：「估計不必三天，就可以有消息了。」

可是小郭估計錯誤，三天之後，什麼反應也沒有。於是小郭又把傳播媒介的範圍擴大到了印度北部的幾個邦，尼泊爾，不丹。

但又是三天，仍然沒有音訊——小郭方面，事情進行得沒有進展，可是整件事，卻有石破天驚的大發展。第七天一清早，我還沒有醒，大抵天色也未曾大放光明，就聽得乒乒乓乓的聲音，夾雜着老蔡的喝罵，和溫寶裕的大呼小叫。

溫寶裕叫的是：「不得了啦，不得了啦！」

老蔡年紀大了，起得早，本來，他的耳朵已不太靈光，可是由於溫寶裕叫得實在太聲音嘹亮（大有乃母之風），所以他也聽到了，於是他也高聲回應：「辣塊媽媽，什麼事雞毛子喧叫的！」

溫寶裕還在叫：「快來看！快來看！」

第六部

賞格

儘管我知道，溫寶裕一向行事誇張，但是出現了這樣的場面，也可以知道，一定事情非同小可，我自牀上直跳了起來，白素欠身坐起，低聲道：「別緊張，只不過是有人出重酬，要知道七叔的下落。」

我不禁大是驚訝：白素她是怎麼知道的？

白素笑：「昨夜我聽廣播聽到的——看來，全世界的電台，都在傳播這個信息。」

這時，已聽到溫寶裕奔上樓來的聲音，在他未曾敲門之前，我總算及時把門打開，閃身出去。

只見溫寶裕捧了一大疊報紙，滿面通紅，喘氣，把報紙向我一送。

我接過了報紙，就看到了頭版上的「尋人懸賞啟事」六個大字。

接着便是尋人的內文，內文並不驚人：「尋找衛七先生，衛先生多年前，曾於錫金剛渡，與登珠活佛會晤。亟欲與衛七先生會晤。」

啟事並未說明是什麼人亟欲與他會晤，但是卻提出了嚇人的重酬：「凡通風報信牽線，導致可與衛七先生會晤者，重酬一億英鎊。能提供任何有關衛七先生十年內之信息者，經查證屬實，也可獲得不少於一百萬英鎊之酬金。總數兩億英鎊之酬金，已存於瑞士銀行，可隨時提取，歡迎向銀行查詢，決不食言。」

這樣的一則啟事，竟然沒有正式的具名，具名的是：「欲見衛七者」，聯絡的一個電話號碼，看國際地區分碼，是在瑞士洛桑。

我大概只用了二十秒看啟事，溫寶裕已問了三十多遍：「會是什麼人？」

我再看啟事末的附註：「此啟事會於世界各處傳播媒介中出現，持續十天。」

我這才回答溫寶裕：「不，我不知道是什麼人！」

溫寶裕用疑惑的眼光看着我，我搖頭：「當然不是我，你想岔了！」

溫寶裕搔頭：「會是喇嘛教？」

這也是我想到的第一個可能。喇嘛教有極雄厚的財力，雖然已失去了根本重地，但是當年大活佛出走之時，聽說把神宮之中，數百年來積存的無數珍寶中的精品，全都帶走了，這些精品，要用數以百計的馬匹來運載，所以大活佛當年的出走隊伍，實在是一個浩浩蕩蕩的大隊伍，而居然未被攔截，難怪白素認為必然有超力量在起作用，屬於神蹟之一。

所以，喇嘛教隨時可以拿出一億英鎊來。

如果是他們，目的是什麼？難道他們也想到了，真正二活佛轉世，有助於對抗外來強勢？

一億英鎊，對尋人酬金來説，自然是驚世之舉，但若能恢復喇嘛教歷來的地位，那一億英鎊，也就微不足道，因為那種抗爭，若是成功，所帶來的利益之巨大，豈能以金錢來衡量。別説瑞士銀行中的一億英鎊，就算整個瑞士國，只怕也及不上！

只不過想達到這個目的，不知道要經過多少曲折的歷程，而且，還避免不了流血和犧牲——那是要改寫歷史者所必須付出的代價。也避免不了動亂和各種災劫，我閉上了眼睛一會，心情也很矛盾，喇嘛教要謀求自己應有的地位，這自然是他們的權利，我是不是應該積極去參與呢？

白素也走了出來，她看了啟事之後，默默無語，我道：「如果刊登啟事的是喇嘛教，那表示發出去的信息，傳得極快，大活佛那一方面，已經在積極地利用這個信息了，他們的行動很快。」

白素默然走進書房，我和溫寶裕跟了進去，白素才道：「也有可能，是不想真二活佛轉世的反對力量，要找七叔，消滅一切證據？」

白素這樣說的口氣，也很猶豫，我立時否定：「不會是他們——他們的行事作風是鬼頭鬼腦，絕不會鬧得全世界都知道——對他們來說，一個城市是下雨還是出太陽，也是『氣象秘密』，不能亂說的。」

白素笑了一下，伸了一個懶腰，豐姿儁美：「我看，這幾天內，一定會有人來找你，向你套取進一步的信息——喇嘛教也不知道轉世靈童的暗號是什麼，而他們一定很想知道。」

我皺着眉，先向溫寶裕望了一眼，溫寶裕忙道：「我不會說，我沒對任何人說，連對小郭也沒說，這事……事關重大，我不會開玩笑。」

我「嗯」了一聲，拍了拍他的肩頭：「這秘密暗號，只有我們四個人知道，絕不能告訴他人，不然，一傳出去，只怕有上萬人會來爭認是二活佛的轉世靈童了！」

溫寶裕舉起雙手，作發誓狀，紅綾揉着眼走進來，剛好聽到了最後一段話，她也高舉雙手，然後，她看那啟事，好奇地問：「這啟事有什麼特別？」

紅綾會有此一問，是意料之中的事。她在蠻荒長大，回到文明世界之後，一直沒有機會接觸金錢。所以，「一億英鎊」這樣的字眼，在她看來，和「一銖泰幣」，並沒有多大的分別，所以她才看不出那啟事有什麼特別之處。

溫寶裕解釋：「這是一大筆賞金，數字極大，足以引發人性之中所有的醜惡。」

紅綾對之不感興趣，一個轉身，又走了出去。

白素望向我：「有人找上門來，我們共同應付，尤其是喇嘛教的人——」

白素的話還沒有說完，就聽到了門鈴聲和開門聲，接着便是老蔡的怪叫：「我的媽，你們是什麼人？喂！喂！你們這是幹什麼？我又不想上吊，給我這東西作什麼？」

隨着老蔡的怪叫，是一陣宏亮的誦經聲。我和白素失聲：「來得好快！」

四個人一起行動，自然是紅綾最快，身形一閃，已出了門口，我和白素緊跟着，才出書房門，就看到樓下的奇景，老蔡正在不斷後退，脖子上已掛了兩條白綢帶，一共有三個喇嘛，正走進來，第三個喇嘛，雙手捧着另一條白綢帶，要向老蔡的頸上掛去。

我一見這等情景，想起老蔡剛才所說的「不想上吊」，忍不住大笑起來——向他人獻上綢帶，是喇嘛的禮節，很是隆重，可是老蔡卻聯想到了上吊，豈非滑稽！

我一笑，三個喇嘛一起抬頭向上望來。但是他們只是望了一下，立刻又被已下樓的紅綾所吸引，紅綾來到了他們的面前，圍着他們打轉，神色好奇之至，就差沒伸手去摸捏他們了。

喇嘛的服飾異特，身邊的法物又多，初見的人，都覺得新奇，紅綾天性率真，不知禮儀，自然好奇。

這時，三個喇嘛又各自取出白綢，掛向紅綾的頸上，紅綾欣然接受。

有喇嘛找上門來，這本是意料之中的事。意料之外的是，三個之中，有一個年紀極老的，我一眼就認出了他來！

上次我見到這個老喇嘛，已是很多年之前的事了。那時，他已經老得不能再老了——那意思是，那時他的臉上，已經沒有空間容納多一條皺紋了，所以事隔多年，他的樣子，也不可能再改變，真正還是老樣子。

這老喇嘛，我熟，白素對他更熟悉。

（上一次和「神宮」、「喇嘛教」打交道的經歷，是我和白素的冒險生涯之中，最驚心動魄，九死一生的一節，若不是當時年輕，決不會發生——現在回想起來，猶自會感到寒意。）

（那一段經歷，記述在《天外金球》這個故事中。）

我一眼認了出來，白素自然和我一樣，我們兩人脫口叫了出來：「章摩上師！」

老喇嘛剛才抬頭時已見過我們，這時再抬起頭來：「兩位久違了！」

溫寶裕熟知我的經歷，一聽叫出了名字，他也不禁「啊」地輕呼一聲。

章摩早已被奉為活佛，在教中的地位極高，在五名之內，而且由於他年紀老，早就受到破格的尊敬，如今自然更是地位崇高，連大活佛二活佛，對他也要格外尊敬。像他這種地位，一般來說，早已不問世事，至多在寺中向教眾宣解經義，本身也已具大神通的了。

以他這樣的地位，居然登門造訪，可見得這次行動的重要性了。

我還不知道造訪的目的是什麼，和白素互望了一眼，齊聲道：「上師久違了！」

下了樓，照例有白綢帶掛向頸上，紅綾在我身邊低聲問：「這老人有多老了？」

我想阻止也來不及，章摩已經道：「老得記不得了，你是衛先生的女兒吧！」

對於章摩有超異的能力，這一點我絕不懷疑。紅綾正點頭間，章摩已伸出手來，在她的臉上，撫摸了一下，老臉之上，神情變得驚訝之至。

白素立時問：「上師看我這女兒怎麼樣？」

章摩仍是神情奇訝：「她……她……根本已是神仙中人！她……她……」

以章摩活佛這樣智睿的人，竟然無法形容紅綾是怎樣的一個人！

這種現象，雖然很多，但箇中原由，卻也不難明白。

章摩是有神通的上師，也就是說，他有和人心意相通的能力，這位能力基於他的思想能，和別人的思想能，可以有直接的接觸和感應。

思想能也可以稱為腦電波，人人都有，不斷在活動，許多不可思議的現象，都與它有關。

章摩有極敏銳的感覺力，他一接觸到紅綾，就感到紅綾的思想能特別強烈，與一般地球人大不相同。他並不知道紅綾曾有奇遇，她的腦部功能經過「釋放」過程，一般人腦部功能的運用，只有萬分之一，而紅綾若是可以運用十分之一的話，已經比普通人強了一千倍，章摩自然要驚訝莫名，一時之間，不知說什麼才好，只好說紅綾是「神仙中人」了。

我和白素，見了這種情形，都很高興。章摩還在望着紅綾，臉上的皺紋，不斷地在聳動，其狀怪異之至。我忙道：「她有一段奇遇，並不是什麼人轉世，你別誤會。」

章摩古裏古怪地笑：「轉世的人我見得多了，就算積十世之修行，也達不到她這程度。」

所謂「積十世之修行」，意思就是「積十世之記憶」，章摩這樣說，我也不覺得奇怪，因為白素的母親，給予紅綾的知識，普通人窮十世之精力，也未必學得全。

章摩雙手合十，喃喃自語，紅綾作了一個鬼臉，後退了幾步。

這時，在章摩身後的一個喇嘛，看來約有六七十歲的，忽然開口，他身形瘦削，但是聲音很是宏亮，一開口，令人為之一怔。

他指着我：「尊駕就是當日在衛七身邊的那孩子麼？」

這句話，令我陡然呆了一呆，他能問出這樣的話來，可知當年那一隊喇嘛，他是身在其中的了！

那也使我很是興奮，因為我曾作種種假設，其中的一項，是七叔離開之後，又和那隊喇嘛相遇，被喇嘛所殺害，搶走了法物！

我盯着那喇嘛看，當然無法找出當年的印象來。我沉聲道：「是，當年的事，上師參加過？那正好，我有許多事正想問一問。」

那喇嘛看來甚是粗魯，一伸手，想來抓我的肩頭，但是他才一出手，另一個中年喇嘛就揚手把他的手拍了下去，同時向他怒喝了一聲，令他立時低下了頭，神情甚惶恐，看來中年喇嘛地位很高。

但地位再高，我知道也決高不過章摩，所以我向章摩問：「上師大駕遠來，是為了——」

章摩又合十：「想請尊駕去見大活佛——大活佛想見尊駕。」

我不禁呆了一呆。不是教徒，大活佛在我的心目之中，也不過是普通人，我不會對他有任何宗教上的崇拜。但是大活佛卻又不是普通人，他的信仰，他的地位，牽涉在極其複雜的勢力爭奪之中，他是一個宗教領袖，也是一個政治人物，這是政教合一的結果。他和他的追隨者，都聲稱他的國家、他的人民、他的信徒，均處於外來強勢的控制之下，而他要改變這種情形。

正如我前面分析過，這種改變，會牽動世界局勢的變化。所以，大活佛可以說是一個超級敏感的人物，通常，他的行動，例如他訪問什麼地方，也會引起國際間的外交風波。

他想見我——我卻絕不想和他的行動，扯上任何關係，那一直是我竭力避免的事，我不喜歡捲入任何這一類型的漩渦之中。

所以我用很堅決的語氣拒絕：「我不去，絕不去！」

章摩竟一點也不感到意外：「是，來之前，我們曾在發言女神像前拈取卜丸，也知道你不會去見大活佛——」

他說到這裏，我已心頭狂跳。

那發言女神，是供奉在大活佛寢室之內的神像，地位很高，只有很重大的事，才向之請示，拈取卜丸，以定去向，據說極靈驗。為了來見我，他們竟進行了這樣的儀式，可知隆重，也可知事情重大。

可是既然占了卜，說我不會去見大活佛，他們還來這裏幹什麼？

毫無疑問，為了白素。上次，「天外金球」那件事中，最先出手幫助他們的，也是白素！

章摩已向白素望去，我急叫：「別答應他！」

章摩卻自顧自道：「衛夫人可願去見大活佛？」

白素沒有立時拒絕：「不知大活佛要見我，有什麼要商討的？」

章摩道：「天機不可泄露，見了大活佛，衛夫人自然知道了！」

我立即再向白素，投以嚴厲的眼光，我實在不想白素答應去見大活佛，就算白素很想去，這也要從長計議，不是倉猝可以決定的事。

白素一看到了我的眼色，自然明白了我的意思，她想了一下才回答：「上師，我會和我丈夫共進退，他剛才拒絕了，我想說服他之後，再答覆你。」

章摩神情黯然：「女神已預言衛先生不會去，衛夫人你是不是——」

我打斷了他的話頭：「如果大活佛想見我們，是為了二活佛轉世靈童的事，那我們不能提供任何幫助！」

章摩雙手合十，垂首不語，那粗魯的喇嘛忽然道：「不對，當日在戲台上，衛七說過，他如不在，就可以找你負責！」

我冷笑一聲：「七叔也說過，來找我的人要說得出暗號來，你說得出，還是你已找到了說得出暗號的人？」

那喇嘛大口呼着氣，沒有再說什麼。我倒捏了一把汗。因為，他說得出那三樣東西，我也拿不出來！

章摩長嘆一聲，其言幽幽，充滿了蒼涼悲傷：「那就算我打擾了！」

他說着，後退了幾步，看樣子已準備離去，白素欲言又止，溫寶裕自告奮勇：「上師，可有用得着我之處？」

章摩望向他，滿是皺紋的臉上，忽然全是笑意，當真有點神秘莫測。

他應聲道：「有，你可勸衛夫人去見大活佛。」

溫寶裕這小子居然立刻道：「是啊，去見一見大活佛，又不會有什麼損失，只有好處，沒有壞處！」

白素又向我望來，我長嘆一聲，沒有再作什麼特別的表示，因為我知道白素心中，實在想去！

去見一見大活佛，本來沒有什麼壞處，但是這卻也表示，我們向這個漩渦，近了一步！

一步一步接近的唯一結果，就是被捲進漩渦去！

白素見了我這種情形，就道：「上師，大活佛駐蹕何處？」

章摩高宣佛號：「在瑞士洛桑，衛夫人這就啟程？」

我一聽「瑞士洛桑」，就立時問：「在全世界傳播媒介之中，找衛七先生的是你們？」

章摩呆了一呆：「不是。」

我又向那粗魯的喇嘛：「我有些問題要請教。」

那喇嘛雙手合十：「請說！」

我吸了一口氣：「當年你們大隊人馬來找七叔，無功而退，難道就此離去了？」

那喇嘛怔了一怔，望向章摩，章摩沉聲道：「問什麼，答什麼，過往神明在，不能有半字虛言，要如同面對業師一樣。」

章摩吩咐得如此隆重，那使我意外，那喇嘛一聽，立時向我行禮，神態也恭謹之至——喇嘛教中，極尊重業師的地位，那喇嘛自然再也不敢粗魯了。

他吸了一口氣：「當年，帶隊的是寧活佛，他足智多謀，熟讀經書，神通廣大，我們一共是四十九人——中原人民，少見喇嘛，我們行程也惹了不少麻煩。」

我悶哼了一聲，心想：「當年你們如此招搖，自然少不免有些阻滯。」

那喇嘛的神情，看來完全沉醉在往事之中，我也使自己的思緒回到了過去。

我道：「請你從頭說起，你們是得到了什麼信息，才會去找衛七的。」

那喇嘛長長地吸了一口氣——他顯然慣於打坐靜修，這一口氣，吸得極長。

他道：「寧活佛有神通，他在神湖之旁，看到了湖中顯示的異象——」

章摩在一旁道：「曲科吉神湖。」

我點頭：「我知道，那是聖湖。」

喇嘛教有許多信仰神蹟，在神湖之中，會有異象呈現，也是神蹟之一，有神通者，通過「觀湖」的儀式，看到已發生、正發生和將發生的事。

這種神通，相當神秘，有一點類似排教，祝由科法術之中的「圓光術」，但規模大得多——圓光術只是在一盆水中觀看，「觀湖」卻是在一個大湖的湖水之中觀看！

那喇嘛道：「寧活佛看到，登珠活佛圓寂了。在登珠喇嘛的法體之旁，正有一個漢人離去，他的脥下，挾着一隻長盒子，聖湖再顯示，那盒子中的東西，對本教有重要的作用——」

那喇嘛所說的「聖湖」顯示經過，我一直持懷疑的態度。我作這樣的設想，登珠活佛的地位十分尷尬，他是二活佛的親信，但是二活佛死後，他卻受到了排擠。政教合一的結果，出現了權力爭鬥，宗教的神聖意味，也就大打折扣。

所以，一切權力鬥爭中慣用的手段，也一樣會出現在宗教之中。

所以，很有可能，當年大活佛和二活佛（假的）兩方面，都有人在監視登珠活佛的行蹤。七叔和登珠活佛相遇之後不久，就被人發現了，這才是信息的來源。

當然，我不是懷疑喇嘛教真有「觀湖」的神通，只是我的假設更加合理而已。

那喇嘛繼續：「寧活佛立時啟程，一路召集我們，從各種神示上，知道那攜盒人的行蹤，一直跟到了他的家鄉，才知道他的名字是衛七——」

那喇嘛說到這裏，向我望了一眼，意思是以後發生的事，你都明白的。

我點了點頭：「你們離去之後呢？」

那喇嘛道：「在離開之後，我們走出了百餘里，便停了下來，寧活佛說，他又有神示，那長盒子中的物事，重要之極，不能落在外人手裏，衛七一定會帶着長盒子離開，我們就在他必經之地等他，再和他交涉。」

我悶哼一聲，雖然沒有出聲，可是臉色已難看之極。

章摩嘆了一聲，沒有表示什麼。

那喇嘛道：「等了四天，就等到了！」

第七部

緣

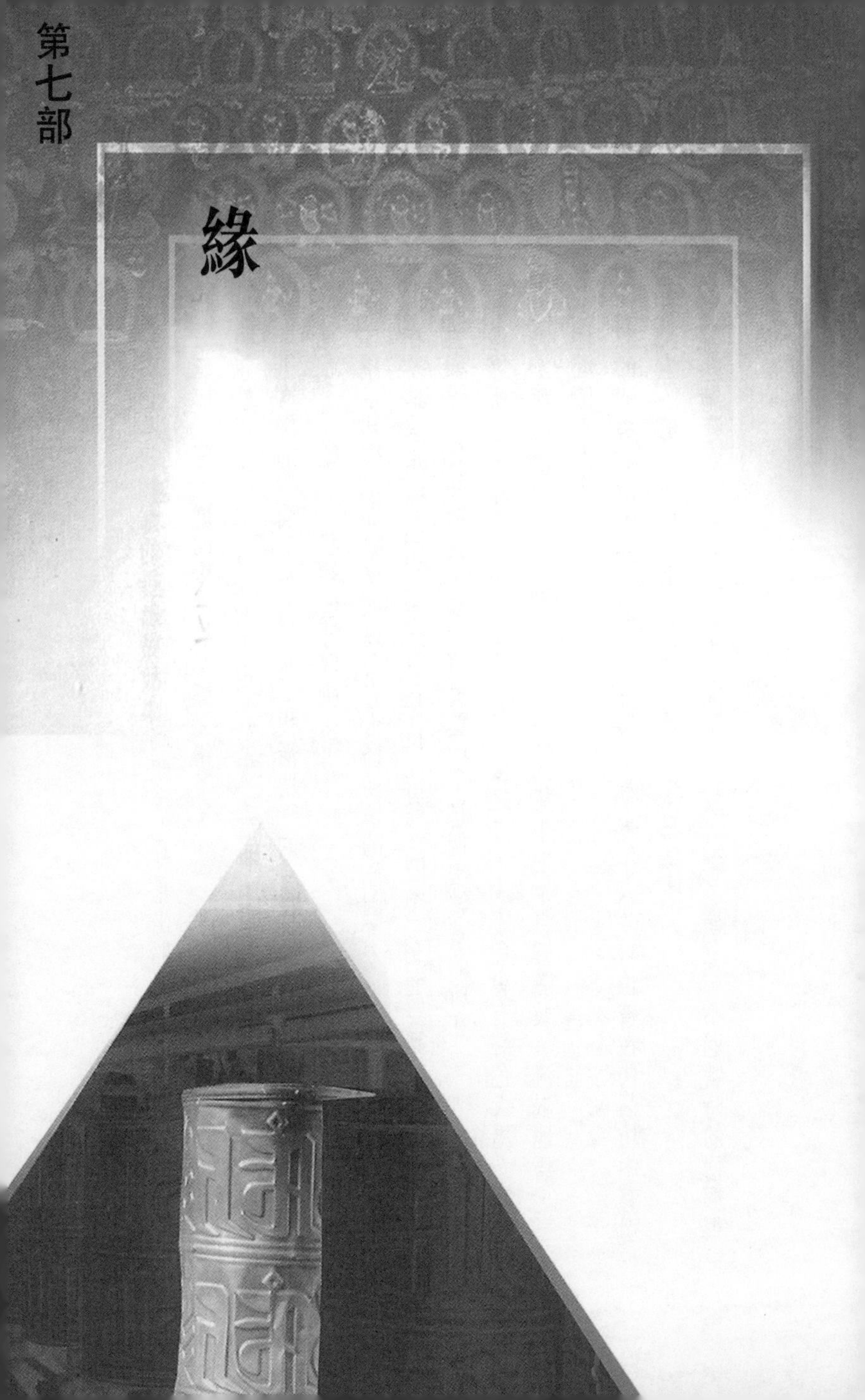

七叔是初七那天離去的，我送到了碼頭，七叔是坐船走的，但要轉火車，喇嘛等他之處，一定是通向車站的必經之路了。

那喇嘛忽然現出一種古怪的神情，放慢了聲調：「我們住在一間十字路旁的大客棧中，客棧的對面，是一個叫『快活坊』的所在。」

我「嗯」了一聲：「我知道那個所在！」

同時，我也知道了那喇嘛何以會有古怪神情的原因了。

那所在，地處水陸碼頭的交匯，是長江以北的第一交通要衢，南來北往的客商和各色人等，貨品物資，都在這裏集中，是個很繁華的所在。

凡是這等所在，除了有大客棧，大酒樓之外，少不免會有聲色犬馬，娛樂消費的設施，那「快活坊」就是這些設施的集中地，青樓艷妓，流氓地痞，三教九流，什麼樣的人物都有。

喇嘛教的清規戒律不嚴，那喇嘛當年正是青年人，只怕曾在快活坊中有過什麼風流回憶，這時回想起來，神情自然難免古怪了。

那喇嘛繼續道：「我們等到了第四天，就等到了衛七，不過當時的情形很特別……很特別……」

他連說了兩遍「很特別」，神情更是疑惑之至，彷彿情形之特別，他到如今仍然無法明白。

他停了一下：「為了不惹人注目，寧活佛自己和幾個年高德重的，仍是僧裝，其餘人全換了漢裝，四人一組，在碼頭車站，日夜巡邏，奉命不准開口，不能和人發生任何爭執。」

我心想，這個寧活佛心思倒很縝密，不當喇嘛，也可以去做偵探。

那喇嘛見我沒有什麼特別的反應，就繼續說下去：「我在的那一組，負責在碼頭附近，我們是最早看到衛七自船上登岸的。」

聽到這裏，我自然而然，緊張了起來。

因為當年我送七叔上船，我是最後見到七叔的人，自此之後，七叔不知去向。但那喇嘛這樣說，我就不是最後見到七叔的人，七叔的動向，有新的發展——雖然那是很多年之前的事，但總是新的線索。

我用心傾聽，那喇嘛道：「一見了衛七，我們就照寧活佛的吩咐行事。」

我們並沒有問寧活佛是如何吩咐的，反正不外是嚴密監視之類。怎知那喇嘛說下去，雖然事隔多年，我聽了之後，仍為之憤然。

那喇嘛道：「寧活佛吩咐的是，一見到了他，就下手搶奪他身邊的那長盒子——他必然把那盒子帶在身邊。寧活佛又吩咐了——」

那喇嘛不斷強調「寧活佛吩咐」，自然是因為那些事絕不光彩，十分卑鄙，所以他要推卸責任，表示行動的雖然是他，但是一切都只不過是按照吩咐而已。

他續道：「寧活佛說，衛七身手了得，所以下手一定要快，要狠……我們四人的懷中，都揣着利刃，那……」

我聽到這裏，悶哼了一聲，章摩閉着眼，緩緩搖着頭。

那喇嘛道：「我手握住了刀柄，在人叢中擠向前去，卻沒有拔出刀來，四個人一時之間，不知如何才好，因為衛七身邊，並沒有那長盒子！」

我呆了一呆，七叔從跳板走上船去的情形，多少年來，如在眼前，他把長盒子夾在左胦之下，右手撩衫襟，步履輕盈。

那盒子相當大，絕無法藏在身邊。那四個喇嘛見人不見盒，自然是七叔在航程之中，處理了它！

那一段航程不長，船不會再停岸，自然可以特別吩咐靠岸，但同船的人多，這樣做會太招搖，也會惹起鼓噪，七叔不會那麼做。

那麼，七叔是把盒子藏在船上了，還是拋進了江河之中？真是神秘莫名。

七叔身邊沒有盒子，那倒可以使他免了危險，不然，忽然有四個人持刀攻擊，他身手雖好，也難防暗算。

這個寧活佛也未免太不擇手段了些！

那喇嘛咳了兩聲，搖了搖頭：「他手上也不是空着，而是抱一着個嬰孩！」

我揚了揚眉，對於我那七叔，他有再多的奇怪行為，我也不會意外，但是抱着一個嬰孩，這卻有些匪夷所思，他從來也不是一個愛嬰孩的人，我從來也未曾見過他抱過幼年的侄子。

那喇嘛忽然讚歎了一句：「那嬰孩是一個女嬰，粉妝玉琢，可愛極了！」

他這樣說了之後，意猶未盡：「碼頭上人頭湧湧，何等雜亂，但是衛七抱着女嬰經過之處，人人都會靜下來，停下來，看一看那仙童一樣的女嬰。」

那喇嘛的敍述之中，忽然出現了如此感性的片段，倒是始料不及。

我知道，那一段水路，不過是四五小時的事，我實在無法設想，這麼短的時間之中，在船上發生了什麼事，何以一隻長盒子不見了，卻多了一個女嬰出來。

同樣在聽敍述的人，心中自然也都有同樣的疑問。溫寶裕一揚手：「不對啊，女嬰不能單獨存在，一定有大人跟着的啊。」

那喇嘛點頭：「是，當時我們三個人，緊跟着衛七，一個飛奔回客棧，報告寧活佛，寧活佛當時就道：『他用長盒子和別人換了女嬰，一定又會換回來的——』說法和你說的一樣。」

溫寶裕問：「你們一定緊盯不捨了。」

那喇嘛道：「是，我們盯到衛七進了一家客棧，要店家找奶媽來餵孩子，那女嬰一聲不哭，雙眼漆黑烏亮，一笑一個酒渦，惹得人人都駐足而觀，衛七也不怕人看，就在大堂之中，走來走去，不時用粥水餵那女嬰。不一會，帶來了寧活佛的話，又來了十來人，都是為監視衛七來的。衛七全神留意女嬰，看來並沒有發現在暗中有那麼多人在監視他！」

我暗自搖了搖頭，那喇嘛肯定錯了，七叔是慣走江湖的人，那些喇嘛雖然換了漢裝，但是行動舉止，必然和常人有異，別說有十來個之多，就算只有一個，也早被他認出來了。

七叔沒加理會，原因我不知道，或許他是真正關心那個女嬰。

那喇嘛又道：「等到天黑，衛七的神情焦急，頻頻問店家，奶媽怎麼還沒有來，正催着，被派去找奶媽的店伙計，滿頭大汗，氣咻咻地趕了回來，一面喘氣，一面告訴衛七，有一個好奶媽，叫莫嫂的，不巧，正被穆家莊的莊主請去了！衛七發了急，女嬰也開始啼哭，衛七還沒有開口求，就有兩個婦女，看來是才生產了的，自願奶孩子，衛七這才略定神，把孩子交給了那兩個婦女——」

他說到這裏，略停了一停：「那天在船上共是七十六人，一個一個我們全是看着上了船的，都沒有人帶着一隻長盒子。」

他忽然又說回了頭，我提醒他一句：「用一張蓆子捲一捲，就可以把那盒子捲在裏面了。」

那喇嘛呆了一呆，卻又搖頭，否定了我的說法，他的理由是：「寧活佛沒那麼說，所以我們一直監視衛七，注意他的每一個行動。」

那喇嘛繼續說七叔的行動，七叔打聽到穆家莊去的走法，他向旁聽的人表示，要把女嬰帶着，去找那個莫嫂，不能讓孩子吃百家奶。

那喇嘛側了側頭：「在這段時間中，他說了一句很奇怪的話，他說：『女兒，要有最好的人奶！』」

那喇嘛向我望來，我大搖其頭：「你聽錯了吧！」

那喇嘛現出疑惑的神情，我強調：「一定是你聽錯了，七叔怎麼會有女兒？你聽漢語的能力怎麼樣？妞兒，女兒，你分得出來嗎？」

那喇嘛的神情，更加疑惑：「或許我聽錯了，妞兒……那是什麼？」

我道：「所有的女孩，都可以稱為『妞兒』，聽起來，如『女兒』差不多！」

這本來是一件小事，聽錯了，也不算什麼，可是那喇嘛竟現出了懊喪之極的神情，用力拍打了自己的頭部三下，喃喃地道：「聽錯了！聽錯了！」

各人都不知道他這樣自責是為了什麼，等着他作進一步的解釋。

那喇嘛苦笑：「當時，聽得他說那女嬰是他的女兒，我們把這個發現報告了寧活佛，寧活佛想了一想，就說不用再跟了，因為女嬰的媽媽，自然是衛七的妻子，當然早已帶着那盒子遠走高飛，不知道藏到哪裏去，再跟下去，也沒有用處，所以，衛七上路，到穆家莊去，我們就再也沒有跟下去。」

我一聽，就明白那喇嘛沮喪的原因了——由於他誤以為女嬰是衛七的女兒，所以推翻了早先衛七會和什麼人換回盒子的決定。若女嬰不是七叔的女兒，他們就會一直跟下去，可能會有發現。

由於事情十分複雜，而且處處透着古怪，所以一時之間，我也理不出一個頭緒來。

那喇嘛提及的「穆家莊」，我也知道那個所在，那是一個大莊園，據說，是當年捻軍作反時，一個軍官急流勇退所建造的，莊中子弟，和我們家族一樣，也性好習武，但是他們很少和外界往來，七叔找上門，不知會發生什麼事？

我是直到此時，才知道七叔曾和穆家莊有過糾葛，但內情仍是一無所知。至於那個人見人愛的女嬰，是什麼來龍去脈，更是一點也不知道了。

（那女嬰確然有奇特的身世，和有許多事發生在她的身上，但那些事，不但和這個故事無關，而且和衛斯理故事的關係也不大，所以無法插入敍述。）

白素見我的神情很是疑惑，她道：「至少，知道了和穆家莊有關，要找尋七叔，總算多了一點線索。」

我苦笑：「這線索，可以說是虛無飄渺之極了。」

那喇嘛道：「自那次之後，就再也沒有見過衛七，奇的是，寧活佛也再沒有提起那盒子的事，像是整件事都沒有發生過一樣。」

我問：「你們之中，可有人知道那盒子關係着什麼？」

那喇嘛道：「沒有人知道，只知道關係着本教大事。」

我心中想，這盒子的事，七叔自登珠活佛處知道了秘密，又告訴了我，直到最近，才由白素透露了出去，喇嘛教的眾多活佛，雖然說有神通，但是所知，可能還不如我們之多！

一想到這一點，我就向白素望去，意思是問她，大活佛如果問起這件事，她將如何。

白素連想也沒有想，就道：「一切實說！」

我略一思索，覺得也唯有如此，所以點了點頭。我們這種心意相通的溝通方式，行之已久，旁人一點也不知道我們已交換了意見。

溫寶裕大是得意，因為他只說了一句話，就促成了白素見大活佛之行，他手舞足蹈，對章摩道：「看，你勞師動眾，請不動的人，我一句話就成了，這是什麼道理？」

章摩活佛伸手，在溫寶裕的頭上，輕按了一下，只說了一個字：「緣。」

溫寶裕站着不動，眨着眼，不知道他是不懂，還是在咀嚼這個「緣」字的意思。

白素則在這時，大有深意地望了我一眼。我知道她是在說：你不必不同意了，這件事，會和我們發生這樣的關係，那也是緣。

一個「緣」字，確是玄之又玄，人與人之間的關係是緣，人與物之間的關係，也是緣，那是天然生成的巧合，絕非人力所能安排。例如我現在在寫字的紙，天知道是由生長在什麼地方的一棵樹的纖維所造成的？我和那棵樹之間的緣，是自從有了我這個人，有了那棵樹的那天就建立了的。但為什麼會有這樣的建立，是什麼力量促成這種建立，卻完全沒有人知道。

以章摩為首，三個喇嘛合十告退，我和白素送了出去，回來的時候，溫寶裕仍然怔怔站立着，看來正在深思，這小子居然也有沉思的時候，所以我不去打擾他。而紅綾就在這時問：「爸、媽，什麼叫緣？」

我和白素互望了一眼，在紅綾的腦中知識寶庫之中，缺少這類玄妙的概念，我趁機向紅綾，盡我所理解的，向她解釋「緣」這種奇妙的現象——這現象往往被人忽略，誰會去研究何以在馬路上和這個陌生人擦身而過呢？那是每分每秒都發生的普通事，但在每一件平常之極的事件中，都有緣存在，並不一定是驚天動地的事件才有的。

當我解釋的時候，溫寶裕用心聽着，其實，真要明白什麼是緣，只怕世上並無此人，我所知道的，能作出的解釋，也只不過是皮毛而已。

紅綾顯然很滿意了：「媽和喇嘛教有緣。」

溫寶裕向紅綾道：「她和喇嘛教有緣的事，豈止如此，簡直驚天動地——」

紅綾一伸手，抓住了他的手臂：「好，那你就詳細說給我聽！」

溫寶裕也十分樂意，一口答應。

上次的那件事，說來話長，溫寶裕究竟花了多少時間才說完，我也沒有注意，因為在這時，小郭郭大偵探，大駕光臨了。

小郭帶着不可思議的神情，一見了我，就道：「那賞格……那賞格……不是你出的吧？」

我苦笑：「當然不是我，被尋找的人，是我的堂叔。久已沒有音訊，最後為人知的行蹤，超過三十年了，物換星移，滄海桑田，我剛才才知道他曾到過一處叫穆家莊的地方，那個莊子，現在還在不在都不知道了！」

我是當作毫無希望順口一提的，可是小郭聽了，卻精神為之一振，疾聲問道：「那穆家莊在什麼地方？」

我且不回答，只是直視着他。

小郭忙道：「找人是我們這一行的專業，這賞格已經使全行轟動了。」

我知道以小郭現在的地位，他口中的「全行」，就是全世界的私家偵探。

小郭又道：「不但巨額的賞金大具吸引力，而且若是成功，這地位、名譽，更不是金錢所能衡量！」

我笑道：「你前幾年，不是在一次也是找人的事件中，得了什麼偵探之王的榮銜嗎？」

小郭大有得色：「也多虧了你的幫助——已經好久沒有突破了，這次，應該是我大展身手的機會，要找的人，是我的朋友的親人！」

我當時聽了，並不覺怎樣，後來才知道，我和巨額賞格所要尋找的人的親戚關係，給我帶來了極大的麻煩。

我很認真地道：「如果你真能把我七叔找出來，那麼，你的獎賞之中，還包括了我對你五體投地的敬佩！」

小郭對這份「獎賞」，居然十分重視，以致興奮得漲紅了臉，大聲道：「先謝了——請告訴我，那穆家莊在什麼地方？」

我當時真有衝動，想把一切來龍去脈，都告訴他。但略一思索，就覺得還是不說的好。因為事情不知會如何演變，關係重大，那秘密，暫時只有我、白素、紅綾和溫寶裕四人知道就好了。

當我想到這裏時，我又自然而然地想起了那個發信人，他也知道這秘密，是神秘的第五個知情者。而且，這個人的地位，比我們都重要得多，我們不論如何被牽涉在內，始終都是局外人。而這個發信人，大有可能，是真正二活佛的轉世靈童。

小郭見我沒有立即回答，忽然思索起來，他也不知道發生了什麼事，只是神情焦急地等着，等到我回過了神來，我才道：「你能在那穆家莊中得到消息的可能性，幾乎等於零！」

小郭道：「只要有一線希望，我也要追查下去，我也要到你的家鄉去追查——這一點，我已經比我的同業幸運得多了，至少我知道從何開始，而他們連如何着手都不知道！」

對於小郭的這種追索精神，我一向十分佩服，他若不是有這種精神的話，也不能成為世界上首屈一指的大偵探了。說不定在他鍥而不捨的追尋之下，能把七叔失蹤之謎解開來！

為了這一點，我應該盡量幫助他才是。

我想了一想，先告訴了他穆家莊的所在，那是安徽省北部，和河南省交界處的一個水陸交通要衢，多少年了，是不是連地名也改了，我都不能肯定。

我又道：「我還可以把七叔失蹤之前所發生的一些事，講給你聽，這些事十分奇特，絕可能和他的失蹤有關。」

小郭一聽得我如此說法，簡直是意外之喜，興奮得連連揮拳怪叫。

於是，除了那長盒中的三樣物事是什麼之外，我把一切全告訴了他，當然，也略去了我打開盒子的那一段。

這一段經過，把小郭郭大偵探，聽得目瞪口呆，像一個傻瓜。

過了好一會，他才緩過氣來：「難怪有這樣巨額的賞格！可是這賞格比起找到衛七之後，所能得到的巨大利益，簡直又微不足道。」

我按住了他的肩頭：「小郭，這事牽涉到巨大無比的利益，牽涉到喇嘛教的興衰，牽涉到數以百萬計人的生活方式，牽涉到一大幅疆土的統屬權，是一件驚天動地的大事，你若是可以不參加，就樂得逍遙的好！」

我說得鄭重，小郭也聽得認真，他叫了起來：「不湊這場熱鬧，枉為人也！」

我知道勸不住他，那就只好提醒他：「這是一塊大大的肥肉，地球上，已很久沒有出現這樣的一塊大肥肉了，想沾點光，嘗點鮮，撈點油水的人，不知有多少，人類最卑污的手段，都可能在這個過程之中出現，你千萬要打醒精神才好！」

小郭用力點頭，又問：「賞格是喇嘛教出的！」

我搖頭：「不是，很神秘，不知是哪方面出的，喇嘛教的章摩活佛才走不久，大活佛會和白素會晤，我會不斷提供信息給你。」

小郭不住搓着手，直到手心通紅，仍然在搓着。

他來見我的收穫極豐富，一開始，他已比他的同業，領前了不知多少！

他咬牙切齒地道：「好，我這就動身，也會隨時和你聯絡。」

我壓低了聲音：「有關二活佛轉世靈童的事，你絕不能漏半分口風，他們現在正在煞有介事尋找，找到的當然是假的，可是你絕不能揭穿！」

小郭也吐了吐舌頭：「這事關係重大，我省得！」

他忽然又補充了一句：『事情，現在還只是開始，會有什麼樣的發展，誰也不能預料。但是可以肯定的是，事情一攤了開來，處境最危險的一個人，就是真正的轉世靈童——只要使他不能出現，現狀就難以改變！」

我同意小郭的分析，但是我不能進一步透露什麼，因為那涉及「三件法物」的秘密，所以我只是點了點頭，不無感嘆地道：「或許靈童自有神靈庇佑，我們大可不必為他擔心。」

小郭又發了一會怔，才告辭離去——他這一去，竟然有意想不到的發現，那要等他回來之後再說了。

白素在第三天就啟程飛往瑞士去，白素說，她此去，自然是會見大活佛，但也會順便會見在瑞士讀書的良辰美景，這一雙雙胞胎，自從上次苗疆分手之後，還沒有見過。

我和紅綾送機之後，自機場回來，紅綾大是感慨。

第八部

神會

她像是很成熟地道：「媽媽的媽媽告訴我，人間有許多事，根本是身在其中的人，也難以明白的。我當時不明白她的意思，現在總算有點明白了！」

我有點駭然，望着她若有所思的神情，問：「你明白了什麼？」

紅綾一本正經道：「強逼許多人走他們不喜歡走的路，就難以明白強逼者是什麼心態！」

我笑：「這就叫統治，人類歷史上，民主政治出現之前，一直如此，民主政治出現之後，還有許多地方如此。更令人難明的是，有不少人，寧願做奴隸——奴性，竟然如此普遍地存在於人性之中！」

我們在討論的是一個大題目——這類大題目，再討論下去，也不會有結果，而且過程很悶，不適宜在父女之間詳論——我和紅綾都有此感覺，所以我們一起笑了起來，用力揮着手，不再說下去。而我對紅綾，在思想上漸趨成熟，會思考更多的問題，也感到很欣慰。

白素不在，紅綾更是走得影兒都沒有，有時甚至徹夜不歸，第二天見到了，向我做個鬼臉就算。這種情形，白素若在，總要說一兩句，我知道說也沒有用，所以只還以一個鬼臉算數。

我則預感這幾天，或是近期內，那件事一定會有變化，因為高額賞格的事，已鬧得滿天風雨，無人不知。遠在巴西，都有早已移了民的族人，設法打聽了我的電話，來電探詢。其餘各種莫名其妙的詢問電話更多，以致我索性取消了那個常用的電話號碼。

我當然知道，事態在表面上看來很平靜，但暗中正在波濤洶湧。西方記者神通廣大，白素和大活佛會面的事，竟被報道了出來（我有點懷疑是喇嘛教方面故意放消息出去，借此向全世界散布信息的）。

報道還相當詳盡，稱白素為「一個和喇嘛教極有淵源的奇女子」，「同情喇嘛教處境」。報道提到了二活佛轉世靈童的事，先報道假二活佛方面和強勢結合，正在積極尋找，又傳出了幾個活佛的話，說了登珠活佛的那一番話，並且說到了衛七，說衛七是重要的關鍵性人物，被付託了鑑定靈童真假的神力，只要他一出現，事情就會明朗，如今有神秘人士出巨額賞格在找他。最後竟是「衛七先生和自稱有眾奇遇的衛斯理，有親屬關係」云云。

我看得呆了半晌——令我難明的是，白素走了之後，一直沒有和我聯絡。而這樣的報道，對我們不利之至，因為把我們完全扯進事件中去了！

喇嘛教方面如果故意如此做，那作風也實在太惡劣了！

我開始和白素聯絡，可是居然無法成功。而喇嘛教，尤其是大活佛，行蹤一直很神秘，我也無法主動去找他們，我甚至找到了良辰美景，兩人在電話中爭着講話：「那篇報道我們也看到了，當然一看就知道是白姐姐，她沒有來找我們，瑞士有一個營地，住了很多喇嘛教徒，我們決定到那裏去探聽一下消息。」

我阻止了她們：「不必了。她必然和教中的高層人士有接觸，不會和普通教徒在一起的。」

良辰美景耽心：「事情很嚴重？」

我苦笑：「應該説，事情很煩人！」

白素音訊全無，以及那個報道，令我很是焦躁，就在這時候，我收到了那封信。

信仍然發自錫金剛渡，一看信封，就知道還是上次那個發信人，只是信封上寫的收信人是「衛斯理先生」，沒有要我轉交給七叔。

我當然立刻就把信拆開，一張很小的白紙，上面畫了三樣東西。

我對着那紙上所畫的三樣物事發怔。

上次，溫寶裕用透視儀器知道了信的內容，他說是銅鈴、花和手掌，我並沒有看到。而這次，我卻看到了。

畫筆不是很複雜，但是畫得極傳神，銅鈴和手掌倒也罷了——鈴和手掌的樣子都差不多，隨便畫，也能畫個八九不離十。可是世上，花朵的種類之多，形狀互異，要恰好畫出那種花的形狀來，絕無可能碰巧的。

紙上的那簇花，就是當年盒中的那簇花——我不能確切記得盒中的那簇花有多少朵，但是可以肯定，整簇花的形狀，完全一樣。

而且，單一的花朵，形狀也一樣——我一直不知那是什麼花，形狀有點像蓮花，可是花瓣卻又細長，這種形狀奇特的花，我只見過那一次。

由這一點，可以肯定，寄信人是一定知道「暗號」的，我深深地吸了一口氣，心中在暗叫：「二活佛的轉世靈童！一定就是！」

可是，他為什麼只是發信給我呢？一想到這一點，我不禁苦笑，幸好他只是發信給我，若是他現身來見我的話，我又能給他什麼？

那能確定他身分的三件法物，隨着七叔的失蹤，不知去向，我又能給他什麼幫助？

他若是現身，由於他正確無誤地說出了暗號，我完全可以相信他就是真正二活佛轉世。可是我相信又有什麼用？對他一點幫助也沒有。

甚至他去見大活佛，和大活佛講他前生的事，令得大活佛也相信他是真正二活佛轉世，也一樣沒有用。若是不依足一整套的確認儀式來確定，教眾根本不會接受。教眾不接受，真的也就和假的一樣！

或許，正由於他自己也知道這個原因，所以才先寄信提醒我，表示他的存在，但是卻不露面——現在露面，非但一點作用也沒有，而且大有可能，惹來殺身之禍！

什麼時候才是他露面的好時機呢？

應該是有他存在的信息，已廣為傳播，廣大教眾在半信半疑之間，而七叔出現，那三件法物出現，他完成全部暗號所規定的動作，才能取得所有教眾的承認。

七叔若是一直下落不明，那麼，他露面的時機也不會出現。

看來，當年登珠活佛所託非人，七叔並不是適當人選！而七叔如果一直不出現，由於他當年曾在寧活佛面前，把我推出來，責任就變得在我身上了！

我根本什麼也做不到！

對着那張紙，發了好一會怔，我心頭一片茫然，全然不知該如何才好！這種情形，在我的經歷之中，少之又少，主要還是由於我的矛盾心情所導致——我明知這件事發展下去，必然會生出極大的風波，情況會嚴重到不是任何人所能控制，所以我不想它發生。

可是，事與願違，它不但在發展，而且我還在幫助它進一步發展！

我仰起了身子，望着天花板，思緒一片紊亂之中，忽然又想到，要尋找衛七的賞格，會不會是轉世靈童本身所刊登的？

這個假設，看來有點匪夷所思，但也不是沒有可能。轉世靈童現在應該是多大年紀？總應該在十歲以下，又似乎不應該有做這種事的能力。但衛七如果出現，最大的受益人就是他，若是有什麼超自然力量相助，他自然最急切想見到衛七的出現。

不斷的假設，只能使思緒愈來愈紊亂，我想若要採取行動，應該到剛渡去，設法讓發信人露面。

當天，一天都神思恍惚，下午，聽到有人開門的聲音，我在書房大聲問：「是小寶嗎？」

我聽到的卻是白素的聲音：「是我！」

白素的聲音聽來平靜，可是我卻立刻意識到有極不平凡的事發生了——白素在幾天沒有音訊之後，突然回家，事先一點迹象也沒有，這種情形，太反常了。

我連忙走出書房，向下看去，只見白素正在請一個人進來，那人穿着一件寬闊的袍子，連頭也罩住，看不清臉。那人才一進來，白素立刻把門關上，雖然看來並不慌張，但總有一種白素正在小心行事之感。在那一剎間，我作了十幾個猜測：和白素一起來的是什麼人？

這個問題，在白素和來人，才一轉過身，準備上樓梯時，就已經有了答案，那人的臉才一進入我的視線，我就張大了口，發不出聲來。

那幾乎是不可能的事！但又的確是他！

喇嘛教的大活佛！

我雖然不是教眾，但對大活佛這樣有地位的人，也至少應該有一定程度的尊敬，我吸了一口氣，向下迎去，他先雙手合十，我也還禮。

白素沉聲道：「進書房再說！」

白素去見大活佛的結果，竟然是把大活佛帶到了家裏來，這是我絕想不到的事！

雖然我不必像教眾那樣，對他膜拜，而他如今，也堪稱無權無勢，但是他可算是新聞人物，到哪裏都有新聞報道，身邊也必有眾多的隨從，怎麼會單獨一個人行動？

最後這一點，我倒立刻猜到了，他單獨前來，當然是由於行動要維持極度的秘密，連帶，我也明白了，白素幾天沒有音訊，也是由於秘密行動早已展開了的緣故——我猜想，白素見了大活佛，就立刻有秘密行動的計劃，並且付諸實行。

所以白素才不和我通音訊，以免泄露了行藏，以大活佛的身分地位而論，若要保持秘密，確實需要加十倍的小心，才不致為人覺察。

進了書房，以白素行事之從容，也不由自主，鬆了一口氣，如釋重負，我向她望去，眼神之中，不免有責怪的神色。

白素一開口就道：「大活佛和二活佛的轉世靈童，神會過了。」

我向大活佛望去，神情疑惑之至。大活佛神態安詳，點了點頭。

我忍不住問：「閣下是在什麼樣的情形下和他相會，又怎知他是真的？」

大活佛道：「我在坐牀之前，負責尋找我的格桑活佛，曾晉見二活佛，蒙二活佛的指點，才找到了我。我坐牀之後，曾和他相晤數次。這次重晤，當年相會時的一切細節，他全記得，可知是真。」

大活佛和二活佛的轉世靈童，在正式被確認之後，就有「坐牀大典」，相當於帝皇的登基——當年的大活佛只是小孩子，如今情形倒轉，二活佛是小孩子了。

但是最重要的一點，他並未曾回答，白素說他和二活佛的轉世「神會」過了，這才是問題的重點——「神會」的真實情形如何？

照我的理解，活佛之間的「神會」，是指「神通的會合」或「心神的會合」而言，是兩個人之間心靈或精神或思想的交會，並不是真正的兩個人面對面的相會。

「神會」沒有實體，對我們普通人來說，若是做夢見到了一個什麼人，那也可以算是神會的一種形式了。

我當然不懷疑大活佛具有神通，但要是不說清楚，或只是大活佛夢到了或是想到了，那當然沒有說服力！

我等了一會，白素和大活佛沒有進一步的解釋，我就把問題提了出來：

「請把『神會』的經過情形，詳細地告訴我！」

大活佛並不出聲，可是面露不愉之色。可能是他受信徒崇拜慣了，說太陽是方的，也不會有人懷疑，所以對我的要求，他感到了不快。

但我並非他的教眾，而且料定，他秘密屈駕前來，一定有事要求我，所以我堅持，我把問題，用較高的聲音，重複了一遍，而且，也現出不甚高興的神情來。

白素明白我的意思，背着他向我作了一個鬼臉。大活佛又發出了一些表示不滿的暗示聲，但我只裝聽不懂。過了一會，他才道：「我教注重精神、性靈的修養，相信靈魂不滅，也相信憑藉修行，或是前生的靈智回復之後，就可以具有神通。」

我點頭，用很是誠懇的語氣道：「是，貴教教義博大精深，是佛教之中最突出的一支，至於具各種神通，也絕不會有人懷疑。」

這樣一說，看來大活佛心中的不快，減退了不少，他「唔」了一聲：「上世二活佛圓寂時，我年紀還小，靈智未曾全復，所以竟然找了假的轉世靈童，登珠活佛被排擠這些事，我全不知道。」

我諾諾連聲，心中卻在想：「你前生的靈智，一定早已恢復了，又何以不早知道二活佛是假的？」

我心中在這樣想，表面上一點也沒有顯露出來（後來溫寶裕說我真虛偽），可是大活佛望了我一眼，卻道：「凡事都有時機，時機未到是一團謎，時機一到，自然會水落石出！」

他這幾句話，倒像是看穿了我在想什麼一樣，我乾咳了幾下，以掩飾尷尬。

大活佛又道：「在登珠活佛圓寂之前的話傳入我耳中之前……是在假的二活佛死了之後，我就不住接到信息，信息來自真的二活佛，告訴我，死了的二活佛是假的，是我教該有的災劫之一，但是災劫即將過去，絕不能再聽人擺布，又立一個假的二活佛。」

我仍然看來十分用心聽，但心中仍不免想：這番話不知是真是假，在接到了白素傳出去的信息之後，要編上這一番話，再容易不過。

大活佛又很具深意地望了我一眼：「我沒對任何人說起過這件事，因為那只是我個人的神會，我說了，是我教教眾，自然深信，但是外人必然說我造謠，另有目的——我如今的地位，動一動都會得罪強大的權勢，若是把我收到的信息公布出來，就只有令事情更糟。」

大活佛的這一番解釋，倒是合情合理之至，我「嗯」了一聲：「是，單憑你個人接到的信息，沒有說服力。」

大活佛道：「信息告訴我，這事實為大眾接受的時日不遠了。果然，登珠活佛臨終遺言，在埋沒了多年之後，又傳了出來——既然出自閣下之口，想來一定全無虛假了。」

自大活佛的口中，忽然發出了這樣的一句話來，我不禁嚇了一跳，立時向白素望去。大活佛這樣說法，等於說「才死的二活佛是假的」這個信息，是由我傳出去的了！

這事情可大可小，大起來，我雖然天不怕地不怕，也難以擔負。

白素神情鎮定：「我早說過，我見了大活佛，必然會實話實說！」

我頓足：「可是這信息不是由我——」

我一句話沒說完，就陡然住口，心中叫苦不迭。

因為，這信息正是我傳出去的。

本來，知道這秘密信息的，只有登珠活佛。不知道基於什麼玄妙的原因，登珠活佛把這樣的一個大秘密，傳出了教外，告訴了七叔。

登珠圓寂之後，知道秘密並且掌握了三件法物的，只有七叔一個人。但是在寧活佛率眾前來，無功而還之後，七叔卻把這個秘密轉告了我，七叔下落不明之後，秘密只有我一個人才知道了。

或者應該說，我一個人知道秘密的一半——因為我沒有那三件法物。

這秘密，我一直不以為意，一點也不覺得它的嚴重性，甚至在白素上次義助喇嘛教，幹下了驚天動地的大事之際，我也沒有向白素提起過。

如果不是那封來自剛渡的信，這秘密也就永遠不會成為什麼信息，就算我說出來，也當作笑話講，聽的人，也會只當作笑話聽。

可是突然之間，情勢出現了急劇的變化，這個信息在傳出去之後，如果可以證實，將起到巨大的對抗作用——不是為了這一點，大活佛也不會前來了！

我再深深地吸了一口氣，大活佛望着我，似乎在進一步肯定他剛才的話。

事實確然如此，我轉眼之間，也鎮定了下來，攤了攤手：「是的，信息傳得極快！」

大活佛笑：「這一類信息，永遠像長了翅膀一樣，飛快流傳，而聽到的人，都希望信息屬實，那實在是振興本教的大好契機！」

我點了點頭，這一點，我和白素早就分析過了，如果大活佛和二活佛都齊心一致對抗外來強勢，對抗的力量，增強何止一倍！那和「雙劍合璧，威力大增」的道理，完全一樣。

大活佛又道：「我推算了一下，照登珠活佛所說，如今，二活佛的轉世靈童，應該已在五歲到十歲左右了。經過那麼多年才轉世的二活佛，靈智應該恢復得比較快，我有希望通過『神會』的方式，和他聯絡。」

大活佛說到緊要關頭了，我一聲也不出，唯恐打斷了他的話頭。

大活佛道：「於是我閉關七天，運展神通，要和二活佛神會，到第三天，神會便已開始，轉世靈童，降世已經八年了。」

我皺着眉：「他今世叫什麼名字？在何處？」

大活佛沉聲道：「現在不能泄露。」

我搖頭：「貴教若要昌盛如昔，閣下也應該知道，單憑你的力量，難以達到目的，但如有二活佛共同努力，合教上下齊心，就大有希望，應該盡快把二活佛請出來才是，還等什麼？」

大活佛道：「就是因為二活佛的出現，對我教太有利了，所以一定要普天下人都信服那確是二活佛轉世，並且再由他的口中，證實有一世二活佛是假的，那才能發生天翻地覆的大變化。若是能一出就令天下人信服，我一剎那也不會等。」

我吸了一口氣，向白素望去，意思是問她可曾說出那三件法物來，白素的動作幅度極小，但我已領會了，她搖了搖頭。

也就是說，大活佛並沒有在白素處知道有那三件法物的事。

如果大活佛能說出那三件法物來，當然唯一的可能，就是他在和二活佛「神會」時，由二活佛告訴他的了！

從這一點上，倒可以考驗他的所謂「神會」，究竟是真是假！

大活佛像是知道我又在懷疑他，輕嘆了一聲：「二活佛說，經過了有一世是假的之後，必然有幾方面的勢力，都希望繼續出現假的，可以受他們的控制。所以，他的真正身分的確認過程之中，必然會出現意料之中，強大無比的阻力。」

我吸了一口氣：「沒有人會懷疑這一點。」

大活佛又道：「所以，他要通過一種極獨特的方法，在適當的時機，適當的地點，一舉而使得所有的人都無法否定他的地位，確認他才是二活佛轉世靈童。」

我默然不語，照大活佛的說法，轉世靈童今年才八歲，就算他有大活佛的全力支持，也絕難出現大活佛所說的那種一下子使所有人確認他的情形。

因為事情的複雜程度極高，二活佛和大活佛，在教中是兩個系統，各自擁有自己的擁戴者。二活佛方面，在登珠活佛受排擠，有一批喇嘛得了勢之後，這一批喇嘛擁立的，是一個假的二活佛。

這一批利用了假二活佛的喇嘛，已經確定了他們的權勢，他們自然希望二活佛一直假下去，怎會輕易認同真的二活佛？

更何況，這一批喇嘛又和外來的強勢相結合，絕難使他們改變主意。

想到了這些，我非但默然不語，而且，不由自主，暗暗搖頭。

大活佛繼續道：「我問他有什麼方法可以做得到，他說細節不能泄漏，連我也不能告知，因為在確認他的地位上，我也出不了力，是他那一系統的事。」

第九部

適當時候

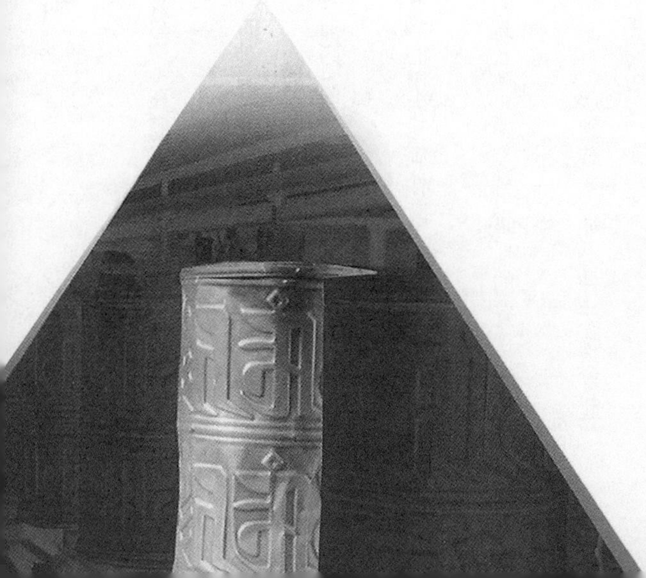

我沒有什麼表示，只是略翻了翻眼——老實說，在聽了這幾句話之後，我心中對大活佛的敬意，已經減低到了最低程度。

因為說來說去，他仍是不知道暗號是什麼！他也不知道那三件法物是什麼！

他和二活佛的「神會」，二活佛難道就沒有把這個秘密告訴他？大活佛一再強調「天機不可泄」，看起來也很是牽強。

大活佛凝視着我——又一次我感到他知道我心中在想什麼。我也不必掩飾。

大活佛道：「他準備用什麼方法證實自己的身分，連身負重任的登珠，也不知道。他也沒有告訴登珠。」

我怔了一怔，確然，七叔在敍述登珠的話時，只說到時，那三件法物會起作用，轉世靈童會有很特別的行動，來證明自己的身分。

這樣看來，大活佛的話，也不是全不可信的了。

我神情有點陰晴不定。大活佛又道：「他把能說的，都告訴了我。例如他說的適當時間，適當的地點，你可能夠設想是什麼樣的情況？」

我想了一想：「我認為難以出現這樣的適當情況！」

我特意在「適當」兩字上加強了語氣，以示其實是不可能有這樣的情況出現。

大活佛的神情，剎時間變得凝重之至：「我也認為難以有這樣的情形出現，可是他卻告訴了我。」

我揚了揚眉，望向白素，白素搖頭，表示大活佛沒和她說過。

大活佛一字一頓：「這是一個關係重大之極的秘密，我如今告訴兩位——」

我不等他講完，立時阻止：「請別告訴我們——我們不想負保守重大秘密的責任。」

大活佛被我毫不客氣地打斷了話頭，他住了口，卻並沒有生氣，而且神情更是莊嚴。過了一會，雙手合十，喃喃有聲，多半是在念誦什麼經文。

在那短暫的時間之中，我幾次企圖向白素使眼色，但白素眼觀鼻，鼻觀心，也不知道她在想什麼，連看也不向我看一下！

大活佛又開了口，他再說的那些話，又令得我心頭亂跳！他竟然道：「非告訴你不可，你一定要知道在那種情形下，會有二活佛所預期的情形出現之可能，你才會實行你的諾言——你是否實踐你的諾言，對整件事的關係，太重大了！」

我望着大活佛，一句話也說不出來，這一番話，聽來像是在開玩笑，我也希望是開玩笑，但是大活佛神情嚴肅，目光炯炯，絕不是在開玩笑。

好一會，我才定過神來，很鄭重地道：「我想尊駕弄錯了，我沒有在這件事上，作出過任何承諾！」

我說得斬釘斷鐵，堅決無比，可是大活佛立時道：「有，衛七在登珠面前，作了承諾，他又在寧活佛面前，把這個責任，交到你的身上，當時，你也答應了的——那是你的承諾！」

一番話，把我說得啞口無言——那一切全是事實。可是當時我只是一個少年，隨便我怎麼去設想，也想不到日後事態會發展到如今這個局面！

大活佛仍然盯着我看，我揮了好一會手，毫無目的，最後才無力地反駁：「衛七說他要是死了，事情就落在我的頭上！現在他生死未明，我不必負責。」

大活佛伸直了身子：「找到衛七的可能極微，你是實踐承諾的時候了！」

我心中一急，脫口道：「就算我願意承諾，也沒有用處，因為關鍵不在於人，在於另外有三件法物——」

一說到這裏，我一頓足，住了口。我以為大活佛聽了，會感到意外，因為他不知道有法物的事。可是他卻神色如常：「人會死，法物不會滅，一定會出現！」

我大是訝異：「二活佛對你說了，你知道有法物？」

大活佛道：「不，他沒有說，但轉世靈童，必然依靠辨認法物來確認，這是轉世的暗號，一向如此，登珠活佛昔年必有法物交給衛七，那是意料中事。」

我略等了一等，我期待他會問我那三件法物是什麼東西。可是他居然不問。我道：「人會死，法物不會滅，可是沒有人知道它在何處，也是枉然！」

大活佛皺着眉：「其間的天機，我和幾個活佛參詳過，可是也未能參透。但是想來，二活佛既然作了這樣的打算，在適當時機的前後，事情可能有突破性的發展。」

我不住搖頭——我一直在努力使自己離這件事愈來愈遠，可是事與願違，結果卻愈走愈近，成為關鍵人物了！這真是令人啼笑皆非之事。

大活佛見我只是搖頭，他好幾次想說話，都被我阻止，他也現出無可奈何的神情來。

一直沒有出聲的白素，這時開了口，她道：「我看這樣，到時，七叔如果出現，負責的自然是他，不關你事。七叔不出現，法物也不出現，你想負責也沒有用，也不關你的事——」

白素沒有說完，我自然明白她的意思，要是法物出現了，那我就有責任做一些事！

我要做的事，就是當年七叔答應登珠活佛的事——要轉世靈童說出那三件法物來，那是第一暗號。然後轉世靈童要用這三件法物，完成一些動作，那是第二暗號。

據登珠活佛說，在通過了這樣的步驟之後，人人都會對轉世靈童的身分，絕不懷疑。

我顯得很焦躁：「到時，你說到時，究竟是到什麼時候啊？」

白素道：「就是適當的時候！」

我更焦躁：「什麼時候才是適當的時候？」

白素道：「我不知道，但二活佛已告訴了大活佛，大活佛要告訴你，你又不願聽！」

我苦笑，白素辯才無疑，我說不過她，我道：「他說那是喇嘛教的重大秘密，非同小可！」

大活佛應聲道：「是，至今為止，還只有我和二活佛兩人知道。」

我嘆了一聲，看來白素很想聽二活佛在「神會」時告訴大活佛的「適當時候」是什麼。

我也很想聽，因為我設想不出在什麼樣的情形下，二活佛的轉世靈童能一下子就得到確認！

但是聽了之後，我就無可避免，要在這「適當時候」中扮演一個角色——這個角色，對我來說，卻是不適當之至。我的心情極之矛盾，一時之間，靜了下來，氣氛變得很是凝重。

白素最先打破沉寂：「我作了種種設想，覺得並不存在這個適當時候。但大活佛說二活佛告訴了他，或者活佛的靈智，遠在我們之上。我們不妨聽一下，再加以分析，是否真有那樣的一個適當時候！」

我把白素的話，反覆想了幾遍，覺得很有理。同時，我也想到，以大活佛的身分，這樣秘密行事，不達目的，他也不肯罷休。還有一點，就是我也想不出什麼是「適當的時候」，倒要聽聽二活佛的靈智所構想的計劃！

所以，我向大活佛道：「請說！」

大活佛先望我，再望向白素，白素立時道：「我可以不聽！」

我以為白素會說「我們聽了，一定不會說給任何人聽」，誰知她竟然說她可以不聽這個計劃！

白素在整件事上，參加的程度和積極性，都在我之上，大活佛也是她領來的，不論從哪一方面來看，把她排除在秘密之外，都說不過去。

更令我不滿的是，大活佛在聽得白素這樣說之後，竟然有立即答應之意。我連忙搶在前頭：「不行，我們夫妻，兩位一體，不論在什麼情形之下，都分甘共苦，在我們兩人之間，沒有秘密，你告訴了我，我一定會轉告她！」

大活佛默然半晌，才道：「由於關係實在太大，一有絲毫風聲走漏，就無法成功，所以，絕不能再轉告任何人，親若子女，也不能夠，請見諒我們的處境艱辛，而且，失去了這次機會之後，不知要多蒙多少年劫難。單出於慈悲之心，也請兩位答應！」

大活佛說得鄭重懇切之至，我吸了一口氣，和白素一起點頭答應。

大活佛這才略鬆了一口氣，可是神情語氣，仍是緊張無比，他壓低了聲音，道：「自從假二活佛死了之後，為了可以維持現狀，各方面正在積極尋找轉世靈童。並且一再聲明，一定按照喇嘛教的傳統行事——這一切，自然全是假的，真正的目的，是要快些結束沒有二活佛的狀況，這種狀況，容易使現狀發生變化！」

大活佛的這番開頭話，聽來似乎輕描淡寫，但我已感到了有一股重壓，隱隱覺得會有大事發生。白素的感覺和我一樣，我們伸出了手，緊握在一起。

大活佛頓了一頓：「所以，預料在近期內，他們就會宣稱，已找到了轉世靈童，並且，也會煞有介事，進行一連串的確認工作，表示他們維持喇嘛教的傳統，以利爭取民心。」

我閉上了眼睛一會——那股壓力，愈來愈重了。

大活佛放慢了語調：「然後，當然就是二活佛的升座大典，經過了這個儀式，一個新的假二活佛產生，他們就可以操縱假二活佛維持權勢。這個典禮，他們必然會舉辦得隆重之極，廣邀各方人士出席。」

我聽到這裏，發出了一下低吟聲：「何以見得必然會如此隆重？」

大活佛道：「從假二活佛的葬禮之隆重，可想而知，他們要盡量利用二活佛的存在價值！」

我和白素，面面相覷，則聲不得。

這時，我們已經完全可以知道「適當時候」是什麼時候了！

而這個適當時候的設想，狂野之至，大膽之極，萬分危險，高度可怕，簡直已沒有恰好的形容詞去形容。可是你卻又不能不承認，這確然是一個極好的時機，或在比較上說，是一個最好的時機，除此之外，再無別的機會了。

所謂鋌而走險，在險中求活，就是這樣的了。

而這個設想，也可以說是一個公然造反的設想，難怪大活佛也會如此緊張，一再說明事情非同小可！

我在剎那之間，只感到耳際嗡嗡作響，腦中一片混亂，大活佛接下來所說的話，像是經過特殊效果處理，每一個字，都有回音。

他又道：「由於二活佛是假的流言，必然迅速擴散，愈傳愈廣，所以他們也更要廣為宣傳，擴大進行，會邀請各國使節觀禮——我們正通過內部遊說，若是能誘使他們作廣泛性的電視轉播，那就更好，目擊的人愈多愈好，那就是適當的時機。」

大活佛已作了一個小結，可是我和白素，還是沒有定過神，所以並沒有反應。

大活佛於是，再作進一步的解釋：「就在這時候，真正的二活佛轉世靈童，突然現身，和他一起現身的，是持有這三件法物的登珠活佛遺言的見證人——」

他說到這裏，我發出了一下很是難聽的叫聲，打斷了他的話頭。

他口中的那個「登珠活佛遺言的見證人」，本來是七叔。七叔不在，就是我！

我要在這樣的場合（所謂「適當時機」）出現，和真正二活佛的轉世靈童兩個人，在所有人的面前，令所有人信服那即將登位的主角是假的，忽然冒出來的那個，才是真的！

我不知道這事情的成功率是百分之幾。

但是我可以肯定，我被當場亂槍打死的或然率，超過百分之九十！

我也可以肯定，我被投入黑獄，從此再不能見到天日的或然率，是百分之一百。

我在乾叫了一聲之後，喉嚨像是被一塊燒紅了的炭，堵住了一樣，一時之間，出不了聲。

大活佛卻呈現了異樣的亢奮，像是事情正在進行，成功在望了。

他提高了聲音：「而二活佛的轉世靈童，會在萬眾矚目之下，利用那三件法物，有所行動，使得人人信服，連想扶立傀儡的勢力也不得不承認，二活佛的地位，就此確立，我教復興的機運，也從此開始了！」

直到大活佛完全講完，我才緩過了一口氣來。如果事情和我無關，我或許會表示我的幽默感，對他的慷慨激昂，報以讚賞。

但這時，我的每一個關節，都難以形容地僵硬，因此也無法運動身體的任何部分。

大活佛最後說出了來意：「找不到衛七先生，尊駕就有實行承諾的必要。」

我只可以轉動眼珠，所以我向白素望去，希望白素的震撼程度，不如我之甚。

果然，她比較好些，而且，立即明白了我的意思，抓起一瓶酒，打開瓶蓋，將瓶口送到了我的口前，並且令瓶子傾斜。

在酒流出了許多之後，我才張得開口，讓酒進入口腔，通過食道，進入體內，和血液混在一起，在全身循環，令我恢復活動能力。

在我有了活動能力之後，我第一個動作，就是長長地嘆了一口氣。

在那一剎間，我發現神情興奮莫名的大活佛，實在是一個悲劇色彩極濃的人物。

他畢生致力於一個他不可能達到的目標，他鍥而不捨，有堅強的信念，把信念化為行動，並且為了這個不可能達到的目標，預設出一幅又一幅的藍圖，彷彿看到了美麗的前景。

雖然他的內心深處，或者根本知道那種前景只是海市蜃樓，可是他還是要繼續那麼做。

這樣的悲劇人物，古今中外，現實和傳說之中都有。追日的夸父是其中的典型。

當我這樣想的時候，我不免有悲憫對方的神情，同時搖了搖頭。

白素立刻知道我正在如何想，她壓低了聲音：「那是他的理想，也是他的信徒的願望，那不是不可以實現的妄想，而是堅持下去，總有一天可以成為事實的崇高理想！」

我絕對無意在這個問題上發生任何爭執，在理論上說，白素是對的——在理論上，人一步一步向前走，可以走到銀河系的盡頭去！

理論上很正確的現象，在現實之中，有許多永遠不會發生。白素比較傾向於理想主義，我則一貫現實，這是我們兩人的大不同，自然也沒有必要統一，就保持各自有自己的意見好了。

我又喝了一口酒，抬頭向天：「我承認，這個設計大膽兼驚人，也是可以利用的唯一時機，但是，我絕不會參加，絕不！」

我說得堅決之至，一時之間，大活佛的臉色變得了白，氣氛也僵硬之極。要不是顧及對方的身分，我早已把他推出去了。

過了好一會，大活佛才道：「如果衛七先生出現，你確然不必參加。」

這大活佛的詞鋒，十分厲害，他等於是在說，衛七不現身，我還是要參加。而要失蹤了那麼久的七叔出現，幾乎是不可能的事。

我當然不能說當年的承諾不算數了——雖然我這樣說一句很容易，而且，就算我明擺着撒賴，大活佛也拿我無可奈何，可是那與我為人的宗旨不合，這句話又絕難說得出口。

我處在一個兩難的境地之中，想了一會，我才道：「那沒有用的，一點用也沒有。就算在這樣的情形下，一舉成功，真正的二活佛地位確立，一樣沒有用。」

大活佛望着我，顯然不同意我的說法。

我指着他：「他們可以逼你逃亡，一樣也可以令不聽話的二活佛逃亡！」

大活佛亢聲道：「這樣，他們就會盡失民心！」

我也提高了聲音：「他們早已盡失民心，尤其在喇嘛教徒之中，一點民心也沒有。可是他們有軍心！你有民心，誰都知道你是至高無上的精神領袖，可是精神敵不過槍炮，活佛先生！」

大活佛聲音鎮定：「不，你錯了，衛斯理先生，精神永存，世上沒有任何槍炮，敵得過永恒的精神。」

這又是理論和實際的問題，這種問題，再說下去也不會有結果。

我揮了揮手：「很好，你有永恒的精神，請去發揮你的精神力量，我沒有這種精神，請不要硬把我放在你的精神領域！」

大活佛昂然道：「老實說，你根本進不了我的精神領域，你只是在一項化學變化的程式中，起到催化劑的作用而已。」

想不到他會舉了這樣一個例子，我呆了一呆：「我什麼劑也不想當。」

大活佛應聲道：「可是你答應了的！」

我陡然之間，感到自己如同是一頭被堵進了死巷子裏的獵物，若是再不進行反擊，那只是死路一條。

而且，一直以來的忍讓，使我感到了極度的屈辱！我陡然爆發，用力一拍桌子，吼叫了起來：「是，我答應過！可是那已是很多年前的事，那時，你好好地在當你的小大活佛，不必流亡，那時，不存在你死我活的鬥爭，不存在要逼你流亡的勢力，七叔答應的，只不過是一個宗教領袖地位的確認，一切都在和平的狀況中進行。而現在，你卻要我承諾去進行一場政變，一個陰謀，一個危險之極的冒險，叫我像一頭飛蛾一樣去撲火！」

我一口氣吼下來，神情激動，一告段落，我又大口喝了一口酒。

在我對着大活佛吼叫時，我沒有先看白素的反應。直到這時，我才向她望去，如意料之中，她低垂着頭，看來神情平靜之極。

大活佛有生以來，只怕還沒有人在他的面前如此吼叫過，所以他身子微微發抖，神色驚怒，面色了白，一句話也說不出來。

我繼續道：「你能不能現實一點，或者說，清醒一點？全世界都知道你在圖謀什麼，可是沒有人能幫得了你，你的圖謀，不會成功的！」

大活佛也在突然之間，激動了起來：「會成功的！歷史上許多人，作過和我同樣的努力，許多人失敗了，但也有許多人成功了！當十二個人偈處在一艘小船上開會的時候，誰能想到他們在三十多年之後，會擁有那麼大的一片國土！」

我冷笑：「他們可沒有要求無事的人去加入。」

大活佛的雙頰之上，漸漸現出了紅暈：「我比他們更有條件，人類歷史的發展，順應我的圖謀，世界趨向公義，我們是獨立的民族，有自己的傳統文化，有自己的語言，有自己的文字，有自己的宗教，在歷史上，長時期是獨立自主的國家，我們的人民不願意接受異族的統治，為什麼一定要借『民族大家庭』的名義來統治、控制我們！如果如今的現狀應該維持，那麼當年日本軍閥的『大東亞共榮圈』更名正言順！」

他一口氣說到這裏，面色由紅而白，由白而紅者幾次，可知他的心情，激動之至。

我和白素都默不作聲，因為他的話，是無可反駁的。強權強加在他們的頭上，不管用多少動聽的大名堂，始終不是他們的願望。

而任何民族，都有權按自己的意願行事！

第十部

「呼必勒汗」

可是，我仍然以為，他的圖謀，沒有成功的希望。

但是我沒有再出聲，保持沉默。

大活佛喘了幾口氣，一字一頓：「我會成功，歷史上，沒有永遠的奴役！」

我早就說過，他的話，在理論上都可以成立，而且慷慨激昂，鏗鏘有力，擲地作金石聲，誰也反駁不了。像「歷史上沒有永遠的奴役」這樣的語句，聽起來是多麼響亮動人！

但事實上，人類的歷史，擺脫奴役，還只是近百年來的事，並且絕不是全人類，只是少數人才組織了沒有奴役關係的社會形態，大多數人，仍然處在奴役和被奴役的關係之中！

我緩緩地道：「閣下和我們不同，你有轉世的能力，所以，『永遠』對我們來說，只不過幾十年，對你來說，才是真正的永遠——你的圖謀會成功的，只是由你的觀點來看。讓我來看，我還是說，你不會成功！」

大活佛後退了兩步，坐了下來，先閉上眼睛一會，才再睜開眼來。

在他剛才閉上眼的時候，他也不免有疲倦的神情流露，但立即又恢復了常態——並不是精神奕奕，而是充滿了信心。

他再一次道：「登珠活佛當年，選擇了衛七，衛七又選擇了你，這其間必有因果在。二活佛和我在『神會』時告訴我，他已和你有了初步的接觸——」

他的話，令我陡然吃了一驚，連一向鎮定的白素，也不免現出驚訝的神情。

大活佛繼續：「我不知道他用什麼方式，他告訴我，你一定會知道，那是他在和你聯絡。」

我用力吞嚥口水，才能避免喉嚨發出「咯咯」的怪聲。

那兩封信！兩封道出了暗號的信。

白素沒有向大活佛提及過那兩封信，大活佛不可能知道有這兩封信的事。

我早就推測過，發信人是二活佛的轉世靈童，但沒有確切的證明。如今大活佛的話，證明了兩件事，其一，發信人真的是二活佛轉世；其二，大活佛和二活佛之間，真存在玄妙着無比，不可思議的精神溝通——神會。

大活佛並沒有追問我是不是二活佛真的已和我有了聯絡——那是由於他對他自己所說的話，充滿了信心。他又道：「二活佛又告訴我，要你在適當時候出現，我必須親自來請求你的幫助。」

我聲音乾澀：「這……二活佛估計不準了，你親自來，也沒有用。」

大活佛笑得很自然，像是我的話，早在他的意料之中：「二活佛的意思是，我如果不成功，請你去見一見他，你或許會改變主意。」

一句話令得我心頭亂跳。整件事，與我無關，我最關心的，並不是喇嘛教的現狀能否改變，劫難是不是結束。我關心的是喇嘛教神秘的轉世現象，是七叔的下落，是生命的無窮奧秘！

如果能和轉了世的二活佛見面，雖然不能立時參透生命奧秘，但總可以獲益匪淺！

這對我來說，是一個極大的引誘，那是我盡心盡力在努力，想取得成果而至今所知極少的探索。

一時之間，我張大了口，發出了一連串古怪的聲音，然後，深深吸氣，這才把自己心頭急切的願望壓了下去，硬着脖子，搖了搖頭。

大活佛對我的反應，仍像是在意料之中——這一方面，他真是莫測高深。他道：「如今二活佛的身分，絕不能暴露，不能有絲毫暴露，不然，必將招致大禍，他卻願意見你，你怎能錯過這機會？」

發自我喉間的古怪聲音更響——我的神情也一定古怪到了極點，因為白素望向我的眼色，也極其古怪。白素望着我，但是她卻對大活佛說話：「尊駕到這裏來，雖說行事機密之極，但是在假二活佛的信息，傳出來之後，對方大是緊張，正在加強各方面的行動，一定對尊駕的行動，加強留意。」

大活佛吸了一口氣：「我有天神庇佑，他們難以知道我的行動。」

我不明白何以白素和大活佛忽然討論起這個問題來，但那正好給我緩了一口氣。誰知道接下來白素的話，還是和我有關的。她道：「萬一你的行蹤被掌握，那麼，在你秘密行動中曾接觸過的人，也會被他們納入監視網之中，那麼，衛斯理去見二活佛，就有可能導致二活佛的暴露！」

白素這樣說，倒像是我已決定了去見二活佛一樣，而事實上，我內心還在交戰，未有決定。

大活佛嘆了一聲，雙手合十：「我教災劫若是未完，確有此可能。」

我忍不住道：「為了安全，亦確然不宜見他！」

白素嘆了一聲：「夫妻多年，兩心相知，你最後必然會去見二活佛，你不會放過這千載難逢的機會，不必再自己騙自己了！」

本來，我確然還在猶豫的，但白素這幾句話，令我一下子就崩潰了，我竟應道：「總要找一個最安全的方式才好。」

大活佛像是早已知道會有這樣的結果，他吸了一口氣：「二活佛知道唯有如此，才能打動你的心，他自然也會準備最妥善的方法，他要求你到多年之前，衛七見到登珠的那個林子去，自然可以見到他的安排。」

我向白素望了一眼，白素立即道：「當然應該化裝，而且，在我們走了之後，隔兩三天你再行動，也不為過。」

白素要護送大活佛自他的秘密行動中走出去，我必須單獨行動。

我的行動，會造成什麼樣的結果，實在難以想像——大活佛的出現，已經令得我向這件事的中心，又接近了一步，再和二活佛見面，是不是會使我終於參加那件事呢？

連我自己也不知道會有什麼樣的結果。

大活佛雙手合十，和白素一起離去，我沒有送出去，以保持他行動的神秘性。

大活佛這次旋風式的造訪，可能永遠也不會有人知道，永遠不會再有人提起。也有可能，在喇嘛教的歷史上，佔一頁重要的地位！

我先決定自己該何時展開行動，本來，遲幾天最好，但我性子急，所以我決定在兩天之後。

這樣子的秘密行動，對我來說，經驗豐富之至。有自信即使有人在監視我，也決不知我真正的目的地。

我把紅綾和溫寶裕找了來，告訴他們，我有要事，要離開幾天，在我離開期間，別試圖和我聯絡。

溫寶裕不住眨着眼，我不等他提出任何問題，就伸出手來，擋在他的口前，他大聲吞了一口口水，沒有出聲。

兩天之後，我已到了新德里。在這兩天中，我又想了很多，我仍然不能肯定出賞格找七叔的是什麼人，但相信見了二活佛之後，事情一定會有進展。

我在從家裏到印度這段時間內，並沒有化裝，我十分留心，並沒有任何迹象表示我被跟蹤。或者是超級跟蹤，我竟然發覺不到。

由於事情關係實在太大，我不能不作超級戒備。

在這兩天中，各種傳媒仍不斷猜測那賞格和衛七的身分，竟有說衛七可能和希特勒和墨索里尼的寶藏有關——實際上，七叔身繫的財寶利益，只怕連傳說中的所羅門王寶藏都比不上。

事情被喧騰到了這一地步，除非七叔真的是隱居在人迹不到處，像當年白素的母親，在苗疆之中一樣，只要他還在生，就沒有理由不知道。

而且，這賞格，在別人來看，只知道要找人，不知道是為了什麼，但是七叔本人，一定一看就可以知道，是有人找他來證實登珠活佛囑咐的時候了。

我對於七叔是不是會出現，一點把握也沒有。倒是對二活佛所說，那三件法物，會在適當時候之前出現，感到莫大的興趣——那也是我答應去見二活佛的原因之一！

因為那三件物事，流落到了何處，除七叔之外，沒有人知道。三件法物如果重現，就算是物在人亡，也多少可以得到七叔的一些信息。

若是二活佛憑他的神通，能知道這三件法物的所在，那就更加神奇了。

要是真有這樣的神通，那麼，超自然力量，是不是可以把不可能的事，變成事實呢？

我雜亂無章地想着，沒有作出任何結論。

在新德里，我住進了最豪華的一家酒店，用的是假名字，過了一夜，仍然未曾發現有任何被人跟蹤的迹象。但是我的行動，還是小心之至。第二天一早，我就開始精心化裝，等到我再出房門時，我的外型，是一個十足的教徒，這種樣貌的教徒，在印度北部，絕不會有人多望一眼，因為實在太普通了。

我化裝成這樣子，也有幾成是為了想測驗一下二活佛的「慧眼」。他只知道前去和他相會的是一個中國人，雖然他沒有見過我，但是會在剛渡一個樹林中出現的中國人並不多，他可以容易地認出我來。

而如果我化裝成當地人，他仍然可以認出我是他要見的人，那麼，碰巧的成分，自然減到最低了。

在往錫金的途中，我採用了普通人用的交通工具，包括裝滿了各種雜物，擠滿了各種人，車齡至少在二十年以上的公共汽車，那樣子，在擁擠之中，可以使我的身上，有更多的本地人的氣味——相信用最好的獵狗，現在也難以分辨出我和當地人有什麼不同了。

到剛渡，是黃昏時分，我決定明天清晨行事。隨便到了一個地方睡了一夜，第二天天未亮，就隨一批香客，到了那座喇嘛廟。

七叔當年，就是想入廟被拒，這才信步走進林子中，遇上了登珠活佛的。七叔敍述當時的情景，頗是詭異，我也不知自己會有什麼樣的遭遇。

雖然事隔多年，但那廟，那樹林，我相信和七叔當年來到時，並沒有什麼分別。

當我步入樹林時，晨霧在樹與樹之間繚繞，像是無數又輕又薄的絲帶一樣。樹木都很高大，朝陽初升，透過濃密的樹葉，根本見不到陽光，只能見到一點一點針尖大小的光亮。

在林子的邊緣，還可以碰到一些人，一深入林子，就再也碰不到人了。林中極其幽靜，幾乎一點聲音也沒有，只有我踏在落葉上所發出的聲響，那種聲響，有經驗的人一聽，就可以知道正有人在深入樹林。

我突然感到，我想測驗二活佛「慧眼」的化裝，不起作用了，看來，這個林子，平時根本沒有人來，來的，只會是我這個應邀者！

一面想，一面向前走，愈是深入，霧也愈是濃，看來這樣的濃霧，至少要等到中午，才會消退。

當我估計，我深入林子，約有一公里時，在濃霧之中，我看到了一株大樹之後，像是有什麼東西在動。

那株大樹離我還相當遠，樹身上掛滿了蔓藤，霧又濃，所以一時之間，看不清移動的是什麼。我向着大樹走過去，等到看清了那是什麼時，我不由自主，心跳加劇。

應該不算是意外，但真正親臨其境，還是會不勝駭異。

有一個人在向我招手！

和七叔當年一樣，事實上，我只看到了那隻手，並沒有看到那個人。但是景象一入眼，感到的自然是有一個人在向我招手！

霧還很濃，那隻手的形狀大小，不是看得很清楚，但確是在向我招動，恍恍惚惚之間，有令人心悸的神秘。

我深吸了一口氣，樹林中的空氣清新，但也難以使我擺脱那種進入神秘世界的朦朧感覺。

當我離那株樹還有七八步遠近時，那隻手不見了。我急步走過去，就看到了有一個孩子，正趺坐在那株樹下，正望向我，雙眼堅定而有神，和他的年紀不是很相稱。

他的左手，放在胸前，作合十的手勢，右手卻在寬大的衣袖之中，看不見。

我感到了意外，因為他已經是喇嘛了——很少聽到活佛的轉世靈童已經是喇嘛的。

他不出聲，我也不開口，一直到我們面對面，他仍然維持着原來的姿勢，一動不動，只是由於我來得近了，所以他的頭抬得略高了些。

他終於先開口，聲音帶着稚音，可是語氣卻完全是成年人的：「你來了！」

我吸了一口氣，他這樣說，那表示他就是二活佛了。我沉聲問：「尊駕是——」

他立即回答：「我就是『呼必勒汗』。」

在他使用的語言之中，「呼必勒汗」的意思是「化身」，也就是轉世靈童。

可是我還是問了一句：「誰的呼必勒汗？」

他說得很慢，那是一個長長的名字，我當然知道那是上一代二活佛的名字。我再跨前一步：「我有疑問，自你在拉休寺圓寂至今，已有好幾十年，何以你的化身，到八年前才出現？」

這個問題，相當重要。因為根據喇嘛教的傳統，轉世靈童的出生日子，必須和圓寂的日子符合，這是一個十分重要的確認條件。

像眼前這樣，相隔了幾十年，其中又出現了一個假的二活佛的情形，以前未曾發生過，想要令人相信他是真正的二活佛轉世，非有更重要的證據不可。

我問了之後，在等着他的回答，他的回答，並不能使我滿意，他道：「這是本教教中難免的災劫，待我再度出世，災劫才會宣告結束。」

我有點不置可否，他說了一句話，倒令我對他有點刮目相看，他道：「你見過大活佛，大活佛對你說了一切。」

從一個在剛渡的小喇嘛口中，說出了我和大活佛的秘密會見，那就很不簡單了。

當然，那也可能是大活佛的安排，可是接下來他說的話，卻令我一面吃驚，一面不得不承認他的神秘的「呼必勒汗」的身分。

他在我點了點頭之後，又道：「當年登珠活佛，給了三件法物給一個有緣人，這有緣人是——」

我沉聲道：「是我的堂叔。」

他陡然目光大盛：「他又把這緣分，轉到了你身上？」

我點了點頭，他陡然話鋒一轉：「先後有兩封信，你應該都收到了？」

我再點頭：「我只拆了一封，第一封由於無法轉達，所以未拆。」

他把頭再抬高了些：「登珠活佛交代的暗號，我說對了吧！」

我吸了一口氣，並不立即回答。

他一字一頓：「銅鈴、手掌、花！」

我不由自主點了點頭，同時感到，他發出的雖然是童音，可是卻又莊嚴無比。

他說出了暗號，那是連大活佛也不知道的暗號！

我聲音飄忽：「花有幾朵？」

他答道：「七朵！」

我有點迷迷惘惘，像是進入了另一個世界之中，連我自己聽自己的聲音，也像是從老遠的地方傳進來一樣：「那是什麼花？是真是假，怎麼一直鮮艷如初放？」

他答道：「花來自西方極樂世界，是真是假，由你心生，永不凋謝，自然新鮮，這簇花供在我靜修之室，已不知多少年了。」

我勉力鎮定心神，但人還是如同在汪洋上的小舟一樣，有強烈的搖晃感。我相信，二活佛這時，正運用他強大的精神力量在影響我。

我又道：「那手掌，說是佛掌，又是怎麼一回事？」

二活佛童稚的臉上，現出了相當深切的悲哀，那又是成熟的悲哀。一點不帶稚氣。他道：「當年在拉休寺，我閉關靜修三年，在這三年之中，只有登珠常伴我側。也就在這三年之中，由於我不問教務政務，閉關之前，所託非人，其人已陰謀蓄勢，這就是教中劫難之始，其人在我閉關將出之時，闖入靜室，我知道他想行兇，欲振鈴召集寺眾，鈴才到手，他已揮刀，把我右手齊腕斷下。」

二活佛這時，說來語調頗為平靜，但是我卻愈聽愈是驚心。

當年大寺的深院之中，竟然有如此驚心動魄的一幕！任何人都可以根據自己想像力，去組織畫面——在我腦海之中出現的畫面是，手掌斷下，血花四濺，登珠活佛在一旁驚呆，捏着銅鈴的手掌，落地之後，是不是鬆開了手指？接下來又發生了什麼事？登珠知道行兇者絕不就此罷休，所以當機立斷，搶了斷掌銅鈴，順手取了供奉的異花，奪門而逃？

從此，這三件法物，使到了他的手中，也成了二活佛轉世的暗號。

我屏住了氣息，直到心口生痛，這才急速地吸了幾口氣，二活佛望着我：「你想對了，登珠見機逃走，行兇者只顧對付我，未能阻攔他，我不等行兇者對我法體進一步下手，便自行圓寂了。」

我又急速地吸了幾口氣，仍然一句話也說不出來。

二活佛沉聲道：「這段歷史，是絕大的秘密，行兇者有幾個合謀人，後來一一被他剷除，他到處搜尋登珠，以致登珠要遠走他鄉。後來，他扶植假活佛，獨享大權，但也早已與草木同朽了！」

我不由自主搖着頭：「那也就是說，這件事，除了你之外，再也沒有人知道了！」

二活佛道：「登珠知道。」

我道：「登珠知道，和你知道，都一點意義也沒有，不會有人相信！」

二活佛語音堅定：「你相信，是不是？」

我長嘆：「我相信，對，我相信，但是我相信又有什麼用？你能令所有人相信？」

二活佛忽然轉了話題：「叛教人心狠手辣，登珠東躲西藏，又自知將近圓寂，他在那林子之中，留一口氣等有緣人，還必然要等和我教沒有關係之人，不然，就會走漏風聲，難逃毒手，結果，等到了衛七！」

我點了點頭：「以後的事，我都知道，多謝你告訴我這個大秘密，要是當時還有人目擊，那就好了！」

二活佛道：「我把確認轉世靈童之責交給了登珠，登珠交給了衛七，衛七交給了你！」

我攤開了雙手：「我有什麼辦法？現在，我相信你是二活佛的轉世，我也可以向全世界宣布，你才是二活佛，真正的二活佛，其他不論是哪一方面找到的，全是假的！可是誰會相信？大活佛方面的教眾，或者會相信，但他們並沒有能力確定你的地位！」

我一口氣說到這裏，二活佛才略揚了揚左手：「大活佛的轉世靈童，由我當年確認，現在我會在適當時候，由全世界確認。」

我大搖其頭，他提高了聲音：「只要能找到那三件法物，我就能做得到！」

我心中一動：「那賞格，要找衛七，是你出的？」

二活佛點頭：「我閉關之前，預感大禍將至，把一批財寶，隱藏了起來，近日才取回。」

我閉上眼睛一會，心知眼前這小喇嘛，除了是二活佛轉世之外，不可能再是別的！

數百年來，喇嘛教積存的財寶極多，二活佛口中的「一批財寶」，聽來輕描淡寫，但為數一定驚人，不然，他何以能出那麼高的賞格？若他不是二活佛轉世，又何以能知這批財寶的所在？

他找衛七的目的，自然是要那三件法物現世！

第十一部

暗號第二

我在思緒混亂之中，問了一個問題：「你不能運用神通找出衛七來？」

二活佛抬頭望天，過了好一會，他才道：「神通是互相的，我可以和大活佛神會，但無法和衛七有任何接觸。更有可能，他已不在人世，那更沒有法子了。」

我不知有多少問題想問他，那許多問題擠在一起，使我不知如何問才好，我擠出來的第一個問題是：「人死了，不是還有靈魂麼？」

二活佛對這個問題，竟然沒有回答，轉世就是靈魂再進入一個肉體，我就是想問他靈魂在單獨存在時的情形如何，因為不單是活佛有靈魂，普通人也有。不單是活佛有轉世的現象，普通人一樣有。算是活佛靈魂的能力最強，他要是能說得出靈魂單獨存在時的情形，那就是人類生命奧秘的大突破。

二活佛望着我：「沒有人說得出人死靈存的詳細情形，即只能心領，人的語言無法表達那種境界，情形又簡單又複雜，人在生，永不明白。」

我不滿足他這種說法：「像尊駕那樣，世世代代轉世，總可以說出個情形來！」

他伸手指着自己的口：「我現在用人的口來説話，就只能説人的事。」

我大是失望，呆了一會：「你明知衛七死了，還出賞格找他？」

二活佛道：「重賞之下，必有勇夫，一定會有許多人開始努力，三件法物再出世，契機就在於此！」

我不由自主，點了點頭，因為情形確是如此，若不是有這樣巨大的賞額，郭大偵探又如何會到穆家莊去，從頭查起。

二活佛切入了正題：「適當時候，你肯不肯出現？」

我木立不動，心中亂極，抬頭向上，陽光在濃密的樹葉之上，竟如同繁星點點，頓使人大興感慨：這世上，日與夜，黑與白，正與邪，真與假，是與非，似乎都可以混淆，難以分明。

然而，我卻也相信，眼前這個小喇嘛，確然是二活佛的轉世靈童。

問題是，他如何能在那個「適當時候」，成為眾所承認的二活佛。

我想了好一會，林中極靜，我甚至像是聽到自己心血翻湧的聲音。

過了好一會，我才道：「現在根本無法知道『適當時候』還有多久才出現。假二活佛死了之後，各有關方面只是說在積極尋找轉世靈童，也不知有沒有進行！」

二活佛道：「本來，他們一定盡量拖延，甚至於企圖不了了之，但是有我存在這個信息傳了出去，他們一定會加緊進行，宣稱已找到了轉世靈童——所以，傳出信息之人，與我教實在大有緣分。」

我不敢接腔，唯恐他說白素或是我，也是什麼活佛轉世，那就不是很有趣了。

我再問：「要是三件法物，到那時仍未出現，那又如何？」

二活佛沉聲道：「那就是我教劫難未完，再待時機。但照神示，法物會在此適當時候之前就出現。」

我追問下去：「出現了又當如何？」

我這是在問他暗號第二了——事實上，七叔和我，都不知暗號第二是什麼情景。只是在大活佛的口中，知道二活佛若是一道出暗號第二，立時會確立他的地位。

由此可知，暗號第二是什麼，當真是重要之至。二活佛是真正的轉世靈童，自然應該知道！

一時之間，氣氛緊張之至，二活佛目射精光，望定了我，神情變得極其凝重。

他一聲不出，我也一聲不出，我不知道這時我和他之間的情形，應該算是什麼。我們之間，確然誰也沒有說一個字，但是我們確然在溝通，憑藉着眼神和表情，在作激烈的爭持。

我先是從他的眼色之中，看出他不是不想說，而是感到根本無從說起，但是我堅持一定要他說。接着，他的神情又顯示了是不是能不說，而我仍在堅持，並且讓他知道我堅持的決心。

這一階段的沉默，足有十來分鐘之久，我和他之間，終究無法再有進一步的「無言溝通」，所以我先開口：「大師，對我公平些，你要我做的事，在進行的過程之中，我有九成可能被亂槍射死！」

二活佛長嘆一聲：「實在是我不知如何說才好，天機不可泄露的真正意思是，天機令你根本不知如何泄露，沒有法子用語言去表達神靈的意願！」

我進逼：「到時你要做什麼，難道你不知道？」

他皺起了眉：「神靈不讓我說，我就說不出來，就像你想知道靈魂的情形，我也說不出來一樣——聲音自身體發出，也就只能說身體的事！」

他說得懇切之極，已經近乎懇求了！

我仍然硬着心腸：「既然這樣，我這個凡夫俗子，不能聆聽神靈的語言，似乎也不必為神靈去冒那麼大的險，幸會閣下，再見了！」

我說着，後退了幾步。二活佛也在這時，站了起來——他起立的姿勢很是奇特，說挺立就挺立，顯得很是突兀。他的神情，也更是肅穆。

他沉聲道：「你堅持要先知天機，其實那對你，對我，對這件事，皆有弊無利。但既然你執迷不悟，我縱使不能把天機玄妙全告訴你，也可以給你窺一線曙光，整個情形如何，你且自己去想像吧！」

他的警告，可以說相當嚴重，但這時，我卻並沒有放在心上，反倒道：「本來麼，要人做事，卻又把人全瞞在鼓裏，那怎麼說得過去？」

此言一出，我隱隱覺得有點不妥，因為從頭到尾，我都沒有答應為他做事，如今這樣一說，豈不是等於說，他如果不把我瞞在鼓裏，我就應該為他做事了？

可是——一時之間，我也不知該如何改口才好。也就在這時，只見他右袖一展，現出了右手來——他的右手，一直藏在寬大的衣袖之中，這時才顯露了出來。

其實，我應該說明白一些，當他右袖褪下，應該現出右手的時候，現出的不是右手，只是右腕，光禿禿的右腕，並沒有手掌！

剎那之間，眼前的這種景象，帶給我的震撼，簡直無與倫比！腦中陡然浮現的印象，是少年時期見到過的那一隻怪異莫名的手掌，這時自然而然所想到的是，那隻手掌，是剛從這右腕上斷下來的！

引起這種奇異聯想的因素之一，是那手掌的斷口處，和這時二活佛的斷腕處，都是那麼平整光滑，彷彿那根本不是血肉之軀，而是什麼木刻玉雕！

接着，當年拉休寺靜室之中，叛教者利刃揮動，血光遍濺的情景，使我有恍惚目擊之感，那驚心動魄的一幕，竟如同印在禿腕之上！

二活佛垂下手，禿腕已被大袖遮住。我耳際嗡嗡作響，只聽得他道：「我生來如此。」

我張大了口，還想再問——要問的事太多，可是一時之間，開不了口。二活佛長嘆一聲：「我也做了不該做的事，衛先生，你應該不是設想中的有緣人，你的行為令人討厭生煩，可是偏偏又是你受衛七所託，天機真叫人難明！今日之事，連大活佛處也不能說，關係太大，你自己去好自思量吧！」

他分明是一個八九歲的孩童，可是當他用那種嚴厲的詞句責備我的時候，我一句也反駁不了，反倒真的覺得，我一再逼他說出些什麼來，很是不該，覺得他對我的不滿，完全可以諒解。

我想解釋幾句，他已轉身向林中走去。這時，我心緒極亂——照二活佛的說法，由於我一再推三搪四，又窮詰不已，根本不是那個在「適當時候」出現的關鍵人物，但是偏偏我又和這事有關係，連他也不明所以，那麼，除了我之外，還會有什麼人呢？

我亂七八糟想了一會，勉強定過神來，已不見了他。我急急追向前，深入樹林，又將近一公里，人影兒都沒有再見到一個！

我在林子中，或佇立，或徘徊，或頓足，或拳擊樹幹，一直到日頭西斜，才出了林子。

那麼長的一段時間，並沒有能使我的心神，真正地寧恬下來。

首先，我想到的是二活佛轉世之後，生而沒有右掌的神異現象。人生來少了一部分肢體，這現象本來不算太奇特，但是二活佛圓寂之前，失去了右手，轉世靈童生而沒有手掌，這就有一種說不出來的奇妙了。

不過，我又想到，當年拉休寺靜室之中發生的事，只有三個人知道，這三個人都死了，血案的經過情形如何，沒有任何人可以佐證，甚至是不是真有血案，也只是二活佛的一面之詞。

這樣引申開去，可以說，一個生而沒有右手的孩子，編出了這樣的一個故事來。

但是，我卻又確然見過一隻手掌，一隻斷處平整之至的手掌！

這手掌又是怎麼一回事？

當手掌和二活佛，同時在「適當時候」一起出現的時候，又會發生什麼事？

二活佛叫我「好好思量」，但是我思緒一片紊亂，想不出一個頭緒來。二活佛又說絕不能對別人說，連大活佛也不能說，但是我必須和白素商議，白素和我是合二為一的，不能說是「告訴別人」。

自然，除了白素之外，我不會再和任何人說，連紅綾也不會說。

此行，我可以說有極大的收穫，也可以說一無所獲。大收穫是，我相信我見到的真是二活佛的轉世靈童，許多玄妙的現象，令我除了相信之外，別無他途。

沒有收穫的是，有關靈魂離開了身體之後的情形，迭經轉世的二活佛也說不上來——雖然他給了我新的解釋，但那不是答案。

他的說法很有理——用身體發出的聲音，只能闡釋有關身體的事。

照這樣的說法來看，人只怕永遠沒有法子明白靈魂是一種什麼樣的存在了，除非變成了沒有身體的靈魂——到了那時，根本不必說也明白，因為本身已經是靈魂。

我思緒紊亂，渾渾噩噩，竟有不知如何回家之感。

白素一見我，就吃了一驚，那是因為我那時的神情，實在說不上任何正常，我精神不振，面色灰敗，雙眼無神，看來像是大病在身，那和我在旅途之中喝多了酒，自然也有關係。

白素為甚至自然而然，過來扶我，我握住了她的手：「我沒有事，只是有不少事想不通！」

白素什麼也沒有問，直到我又喝了幾口酒，緩過一口氣，把我會見二活佛的一切，全告訴了她之後，她才道：「那毫無疑問是二活佛的轉世！」

我點了點頭，她又道：「你惹惱了二活佛！」

我不同意：「不關事，根本，我不是那個在『適當時候』出現在那個大場面，協助那驚天動地的大事進行的人，不是我！」

白素吸了一口氣，她立時同意了我的說法：「那……會是誰？」

我也吸了一口氣：「可記得章摩活佛對溫寶裕所說的話：有緣。在整件事情中，七叔是有緣人，他的緣，使他把責任交給了我。我也是有緣人，我的緣，只怕也止於把責任交給另一個人。」

白素搖頭：「你不可能把責任交給別人，因為這件事，絕對要嚴守秘密，不能對任何人說，在這樣的情形下，自然不可能轉移責任——」

她說到這裏，陡然住了口，現出十分駭異的神情。而我在這時，也陡然吃了一驚，手一震，杯中的酒，也灑出了不少。

我們兩個人想到的是同一件事——如果責任有所轉移，那麼唯一的可能，就是轉到白素的身上，只要「嚴守秘密」被遵守，世上就只有白素一個人，知道得和我一樣多，除了她未曾見過那三件法物之外，她所知道的和我一樣，完全可以做到二活佛的圖謀！

我心頭的感覺怪異莫名，登珠把責任加在七叔身上，七叔加在我的身上，我又加在白素的身上？

我大搖其頭，連聲道：「不會，不會！」

那是把自己的生命當賭注的事，我自然不會轉嫁到白素的身上。但如果白素自己要去做呢？

白素對喇嘛教一直很有好感，而且，也會為了喇嘛教而出死入生，她會願意去冒這個險！

白素若是做了這件事，那緣還是由七叔而起，七叔交給了我，我雖然沒有交給白素，但是她若不是我的妻子，也就不會和這件事發生關係。

一想到這裏，我立時向她望去。白素現出迷惘的神情：「我不知道，我只能說，我會鄭重考慮，不會立即拒絕，也不會一口答應。」

我已經有了決定：「若是你答應，我也不會讓你去，我去好了！」

白素的神色凝重，但不到一分鐘，她就恢復了常態，淡然笑道：「何必現在就討論這個問題？事到臨頭，再說也不為過！」

我沒好氣：「什麼時候，才是事到臨頭？」

白素道：「我問過熟悉喇嘛教傳統的人，找尋轉世靈童，是一樁十分花時間的事，通常要五年或更久，就算如今有假二活佛的信息傳了出去，有關方面覺得要快些找，立刻進行，也至少要三年。」

我停了一聲：「他們不會速戰速決？」

白素道：「不會。正因為有這個傳言在，各方面的功夫，更要做到十足，一絲不苟，不然，始終會有人懷疑，那二活佛是假的！」

我閉上眼睛一會，喃喃地道：「不管是三年還是五載，總有一天，會事到臨頭的！」

白素道：「是啊，但還有第二個條件，要那三件法物出現。」

我吁了一口氣，要那三件失蹤了那麼多年的東西出現，困難之至，要是永不出現，那也就沒有了「事到臨頭」的這一天了。

所以，我真的不必現在就開始焦急的。

我問白素：「要是三件法物出現，二活佛期待的適當時候也來到，二活佛又能在這個盛大的典禮之上現身，他會做些什麼？那『暗號之二』的內容如何？」

白素瞪了我一眼：「連大活佛也不知道，我怎麼會知道它的內容？」

我道：「二活佛一定知道的。」

白素同意：「那當然，那是他最大的秘密，只有他一個人才知道。」

我道：「問題就在這裏——在邏輯上說不通，只有他一個人才知道，那不能算是暗號，暗號至少有兩個人知道，才能成立。」

白素道：「也不一定，很多暗號，是人和機械相對的，例如保險箱的密碼。」

（在那一剎間，我又想起了關夫人小仙的那張書桌——我的思緒，一向十分蕪雜，由此可見一斑。）

我道：「二活佛的情況，顯然不是如此，他要取得眾人的信任，一個人知道的暗號，說對了也無從核對，不會有人相信！」

白素眉心打結：「在你一再的逼問之下，他給你看了禿腕，那已是他所能透露的最大程度了。」

我道：「是啊，我估計，在那『適當時候』的盛典之中，他也必然會向所有人展示他的禿腕，如果斷掌同時出現，那就有一定的說服力。」

白素揚眉：「是有『一定的説服力』，但決計不能使人人信服。」

我和白素互望，設想不出二活佛還有什麼法子，可以使他的身分被確認。

過了好一會，白素才嘆了一聲：「不必再傷腦筋了，要是能讓我們想出來，那也不成其為天機了。這事情關係極大，和喇嘛教的興衰攸關，各路神靈，必然都有安排，豈是我們能洞悉先機的？能知道那麼多，已經是機緣不淺了！」

白素的性格，可以這樣説，但是好奇心極強的我，當然不能就此滿足。可是不論我如何想，也設想不出暗號之二的內容。

連大活佛來訪的事，溫寶裕和紅綾都不知道，我與二活佛會面的事，他們更不知道了。我猜想，他們都知道我有些事沒有説，但是他們都很懂事，沒有追問。因為他們知道，若是可以告訴他們的事，我一定自動會説的。

白素仍和喇嘛教保持一定的聯絡。假二活佛的信息，傳得很快，果然那一方面也幾次宣布，已在着手尋找二活佛的轉世靈童了。

事情在表面上很平靜，但暗中波濤洶湧，誰也不知道這座「火山」什麼時候會爆發。

事情沒有什麼進展，一直到二十多天之後，正當我奇怪何以小郭一去，杳無音訊之際，那天晚上，忽然有一個電話找白素。

白素才一聽電話，神情就有點異樣，她順手按下一個掣鈕，使我也能聽到對方的講話。

那是一個十分動聽的女聲，稱呼也親熱：「白姐，你有一個朋友姓郭，說是著名的私家偵探？」

聲音很熟，她一定是先向白素報了名字的，我一時之間想不起那是誰。

白素應對鎮定：「是，他雖然出名，但也只不過是一個普通人，何以竟勞動到了尊駕來電相詢？」

白素一面說，一面向我使了一個眼色，那使我一下子就想起打電話來的是什麼人了——是不久之前，曾和白素一起來見過我的黃蟬，一個地位很高的情報官員，負責最高的神秘事務的美女，涉及許多一級機密的掌權人物！

我不禁暗叫不妙，因為小郭若是落到了這種人的手中，那真是凶多吉少，扣押十年八載，不見天日，是再平常不過的事！

小郭是到穆家莊去找衛七的下落，一無所獲倒也罷了，怎麼會惹上了這樣的麻煩？

我心念片轉間，白素和黃蟬之間的對話在繼續。黃蟬先問：「他和你們的友情——」

白素道：「始自大家都是青年人的時候！」

黃蟬「啊」地一聲，白素立即問：「他犯了什麼事？貴地的法律，有時實在令人無所適從。」

黃蟬嘆了一聲：「他私自進入旅遊禁區，並且就極敏感的政治、宗教、民族問題，散布謠言，破壞民族團結，有鼓吹國家分裂的企圖！」

我一面聽，一面叫苦不迭，這些罪名，隨便一條，就可以來個無期徒刑，那麼多加在一起，小郭只怕是性命難保的了。

但白素卻居然笑了起來：「乖乖！真是夠嚴重的，但是你既然打電話來，就表示事情一定有轉圜的餘地，對不？」

聽得白素那麼說，我也不禁笑了起來，伸手在自己的頭上，輕輕打了一下——我一聽小郭惹了禍就發亟，不如白素鎮定。

黃蟬笑聲如銀鈴：「真是什麼事都瞞不過白姐——我要見你，尤其是見衛先生！」

第十二部

河底獲寶

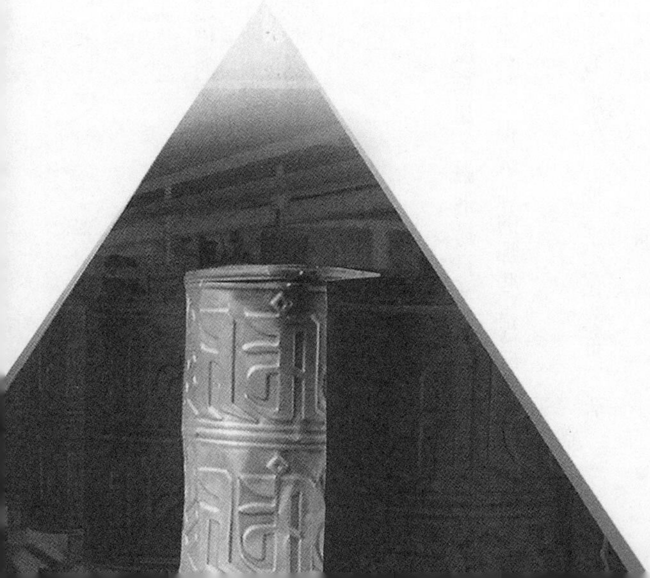

白素向我望來，我大聲道：「先把小郭放出來！」

我以為提出這個要求，一定會有一個討價還價的過程。誰知道黃蟬真有過人之能，竟然一口答應：「好，我們這就啟程——只是郭先生的事件，在到我手之前，他已受了不少驚恐，與我無關，而且與他所犯的事的嚴重性來比較，他所受的驚恐，也不算什麼，請兩位諒解！」

我忙道：「那不要緊，能恢復他的自由就好。」

黃蟬的回答更乾脆：「明天見。」

等通話完畢，我才問：「受了點驚恐，那是什麼意思，嚴刑拷打？」

白素搖頭：「小郭也算是國際知名人士，不至於，但提出的那些指控，足夠他在牢獄過一輩子，你猜這傻瓜做了些什麼？」

我苦笑，稱小郭為「這傻瓜」，我完全同意。我道：「他一定在散布二活佛是假的信息。」

白素皺着眉：「黃蟬要見我們，又是為了什麼？」

我道：「那更簡單了，他們絕不容許這個信息散布出去——我看，小郭在『驚恐』之中，已經把信息是自我這裏來的供了出來，所以黃蟬才要來根查。」

白素皺着眉，要應付黃蟬不難，但要和黃蟬身後那龐大的支持勢力周旋，卻是麻煩之極的事。

我想了一想：「以不變應萬變，逐步應付。」

白素伸出手來，和我互握，我們兩人同心合力，度過不少難關，每當雙手互握，勇氣就會倍增。

黃蟬來得好快，第二天凌晨，天還沒有亮，門鈴聲大作，她和小郭已在門口了——這種時候來到，她當然是通過特別安排的交通工具來的。

一進門，小郭就擁抱我，他看來並沒有怎樣，只是臉色極度蒼白，他道：「衛斯理，對不起，我招了你出來。」

這一事，我早已料到了，但我還是吃驚：「他們對你動了刑？」

小郭搖頭：「沒有，只是一落入他們手中，他們提出來的指控，罪證確鑿，我畢生都將在黑牢度過，那種極度的恐懼感，令我精神崩潰，只求有超生的機會，明知會替你帶來麻煩，也顧不得了！」

小郭說得很是懇切，我也了解到人在絕望時所產生的恐懼感，是如何之可怕。

而且，老實說，就算沒有小郭這次把我招了出來，黃蟬還是會找上門來的——誰都知道我和衛七的關係！

我拍着他的肩：「別放在心上，最緊急的時候，想到朋友，是應該的。」

我和小郭，大有劫後重逢之感。可是那邊廂，白素和黃蟬，像老友相見一樣，正言笑甚歡。

我轉過身去，向黃蟬道：「多謝你立刻放人！」

黃蟬還是那樣動人，尤其當她秀眉略蹙之際，簡直古典之至：「是費了一點勁，是我在最高領導人面前力爭。才能成事——這位仁兄，竟然在一座喇嘛寺中，向幾百個喇嘛，說才圓寂不久的二活佛是假的！」

我望着小郭苦笑，小郭想是心有餘悸，不由自主，縮了縮頭。

黃蟬接下來又說了幾句話——不是我賣關子，而是她的話，我、白素和小郭，都絕想不到，所以聽了之後，神情之錯愕，簡直難以形容。而我們會有這樣的反應，自然都在黃蟬的意料之中，所以她只是笑嘻嘻地望着我們。

黃蟬說的是：「郭先生所說的，若是謠言，倒也罷了，最糟糕的是他說出了絕不能夠泄漏的極度機密！」

一時之間，我們三個人望定了她，實在不知說些什麼才好！

因為根據黃蟬的話，他們竟像是早知道那二活佛是假的了！他們是怎麼知道的？是經由什麼途徑知道的？是七叔傳出去的消息，何以他們竟會相信？

黃蟬吸了一口氣：「紙包不住火，隔了那麼多年，這件事終於傳了開去——兩位正致力傳播這件事，但我們嚴厲封鎖這信息，相信兩位也知道，這件事一旦證實了，會引發大變動。」

白素的聲音雖然溫柔，但是說的話卻針鋒相對，尖銳無比：「有變動未必不好，有一些變動，是必然會發生的，例如，有壓迫就有反抗。」

黃蟬笑：「白姐，可是我們卻不想有任何變動！」

我不由自主搖頭，這兩位女性，所爭持的問題是如此嚴肅，可是看她們的神態，宛若在討論一盤牛肉，是紅燒還是清煮！

我打岔道：「不必討論這些，你們是怎麼知道二活佛是假的，何時知道的？」

黃蟬的行事態度，十分爽快，她一點沒作額外的說明，就把最高機密向我們說了出來。雖然我們的立場明顯敵對，但她的這種行事方式，也深得人好感。

她道：「當年拉休寺靜室之中，叛徒行兇，除了登珠之外，另外還有兩個小喇嘛，恰好在暗處，看到了血案發生的全部經過。」

我除了發出「啊啊」的聲響之外，迅速地在轉念——是不是她編出來的故事呢？

可是她接着往下說，我沒有法子不信。因為自她口中說出來的，正是當年發生的事——若不是由目擊者轉述出來，她根本不可能知道！

她繼續說的是：「那兩個小喇嘛見到的情形是，叛者抽出利刃，在二活佛手才拿到銅鈴時，就齊腕斬斷了二活佛的手，在一旁的登珠活佛，不等斷掌落地，就接住了手掌，接着，他就拾起銅鈴，衝向門外，在經過供桌時，又順手取走了一簇供奉的神花。那時，二活佛正運氣自斷經脈，全身發出可怕的聲響，令反叛者震呆，所以未及阻止，登珠才得以脱身。」

我和白素，聽得面面相覷，因為黃蟬所說的，比我們所知的還要詳細！連二活佛的轉世，向我敍述時，也沒有那麼詳細，那當然是由於這段經歷，絕非有趣，他不想詳說之故！

我們的反應，在黃蟬的意料之中，所以她自顧自說下去：「那兩個小喇嘛一見發生了那麼大的變故，嚇得逃離了寺院，一直東躲西藏，直到教中發生了大變化之後，叛教者也死亡，勢力完全減弱之後，才敢出面，向我們說出了當年目擊的經過——那是七年之前的事了。」

我直到這時，才說了一句：「你們早知道那二活佛是假的？」

黃蟬點頭：「是，根據當時的情形，二活佛若是轉世，必然和三件物事有關：手掌、銅鈴、花。那個二活佛被確認，由反叛者一手包辦，和那三件物事一點關係也沒有，所以肯定是假的。」

我和白素，聽她已分析到了三件法物的作用，又是暗驚，又是佩服，但我們全然不動聲色，甚至沒有互望一眼。

黃蟬笑了笑：「對我們來說，二活佛是真是假，都是一樣，假的或者更好，更聽話，容易控制——事實也確然如此。那是國家的絕頂機密，知道的人，不超過十二個，以為是再也不會泄漏的了。」

我吞了一口口水：「當年目擊的那兩個喇嘛呢？」

黃蟬妙目流盼，向我望了一眼，像是怪我多此一問。我感到了一股寒意——我確然多此一問，那兩個喇嘛，當然立即被滅口了！

黃蟬接着又道：「總以為那二活佛至少還可以活幾十年，可以相安無事，誰知道他養尊處優，日子過得太好，竟然短命早死了！」

自黃蟬美麗優雅的神態之中，說出這等俗而不敬的話來。我並不感到意外，她當然不會對喇嘛教的活佛有什麼敬意，何況是個假的。

黃蟬垂下了眼瞼：「現在，情勢十分複雜，二活佛是假的信息，傳了出去，會引起我們不想發生的混亂。」

白素居然回敬了一句他們的慣用語：「客觀事物的發展，不會因主觀願望而轉移！」

黃蟬笑靨如花：「白姐，你太理想主義了吧！」

我從思緒紊亂之中，勉力定過神來：「請問你來見我們的目的是什麼？」

黃蟬收起了不知是真是假的笑意：「從信息的傳播到巨額賞格的出現，到郭先生的出現，全世界人都在找衛七先生——」

不等她講完，我就道：「我不知道七叔的下落。」

黃蟬道：「他的下落，一點也不重要。重要的是登珠活佛當年帶走的三件物事的下落。」

我沉聲道：「我甚至不知道有這三件物事——」

我的話才說到一半，就被黃蟬以一陣清脆的笑聲所打斷：「衛先生，我對你坦白，也希望你用同樣的態度！」

我苦笑：「好，我知道有這樣三件物事，也知道這三件物事關係重大，但是我不知道它們的下落。」

小郭在進來之後，一直沒有説過什麼，直到這時，他才向黃蟬一指，石破天驚地道：「那三件法物，落入他們的手中了！」

我大吃一驚，望向黃蟬，黃蟬直認不諱：「不錯，東西能再出現，歸功於郭先生找到它們，現在，三件所謂法物，在我們手裏！」

我感到喉頭發乾，説不出話來。二活佛曾説過，那三件法物，一定會出現，而且，會在「適當時候」之前出現，果然被他説中了，可是，東西卻落在對二活佛絕對無利的對方手中！

我望向小郭，想知道他是如何發現找尋那三件物事的線索的，小郭現出憤然的神情，低聲道：「憑勢強奪，算什麼行為，那三件東西是我的！」

黃蟬並不理會小郭：「郭先生很了不起，能一下子就把湮沒了那麼多年的東西找出線索。衛先生，我們也肯定，你知道二活佛的轉世靈童的存在。」

我完完全全控制着自己的臉部肌肉，不現出絲毫的特別反應。

黃蟬的話，她説我知道二活佛轉世的存在，這證明她知道得雖然多，但是還不夠多。她不知道大活佛見過我，也不知道我見過二活佛。

她也不知道二活佛的驚人計劃。

我絕不能讓她知道那些——為了隱瞞更大的事實，就必須說出一些小的事實。

所以我道：「是，有兩封信，寄自剛渡，我認為是二活佛轉世靈童寄來的。」

我把那兩封信的情形說了，而且，把那年一大批喇嘛走了之後，七叔對我說的話也說了——比我告訴小郭的還多，我告訴小郭，只說是一隻長盒子，沒說盒中的東西，所以小郭一面聽，一面衝我瞪眼睛。

黃蟬聽得十分用心，白素在一開始的時候，略有吃驚的神情，那一定是因為我說出了「剛渡」這個地名的緣故，暴露了二活佛的所在，但是她隨即想到，要在剛渡找一個小喇嘛，就像在海灘找一粒砂一樣，不是容易的事，況且黃蟬也不知道二活佛已經是小喇嘛了，所以二活佛的安全，沒有問題。

白素的神情，自然逃不過黃蟬銳利的目光，那也就增加了我敍述的可靠性。

我說完了後，攤了攤手，表示所知止於此。

黃蟬深吸了一口氣：「我們決定，把當年的血案，永遠成為秘密，不久，很快，就會確認二活佛的轉世，在剛渡的那個，永遠沒有希望成為二活佛。」

白素像是想說什麼，可是卻沒有說出來。

我淡然道：「很好，你們怎麼做，我沒有意見——別人有意見也不要緊，反正你們有足夠的監獄。」

黃蟬嘆了一聲：「無論如何，我對兩位總有異樣的尊敬，我帶一句話給兩位，切勿做任何事——後果會極嚴重，這是認真的。」

我和白素同時笑了起來，黃蟬忙道：「只是一片好意，絕非警告。」

我和白素，都沒有說什麼，黃蟬忽然說了一句：「二活佛的確認儀式，會隆重舉行，轉世再生這種事，神秘莫名，世人都有興趣，兩位可有興趣參加？」

我着實吃了一驚，為了使我不現出吃驚的神情，臉部肌肉甚至僵硬，我很佩服白素，她看來自然得多（後來，她說我看來自然得多）。

我們齊聲道：「到時再說吧。」

黃蟬轉身向外走：「郭先生在三年之內，最好不要入境——你的記錄壞極了。」

小郭悶哼一聲：「要不是我，你們再也找不到那三件法物！」

黃蟬笑：「對，就憑了這一點，我才能向最高當局說情，閣下才能全身而退。」

白素道：「你們準備不論真假，另立二活佛，這三件東西，也沒有什麼用處了。」

黃蟬搖頭：「太有用了。那鈴不知是什麼合金所鑄，所發出的聲音，音頻極高，世上獨一無二，教中都知道是二活佛的遺物，那簇花據說千年不謝，也是神花，我們找到了靈童，再教他當眾認出兩件法物，他二活佛的地位，就舉世公認，誰也搶不走——即使真正二活佛的轉世，也搶不了他的地位，這間接是郭先生的功勞！」

我冷冷地道：「直接，自然是你的功勞了。」

黃蟬很是佻皮地向我福了一福：「這是小女子應盡的責任！」

我沒好氣：「還有那隻斷掌呢？準備如何利用？」

黃蟬笑得甜：「我想不出有什麼用處來，衛先生可有什麼提議？」

我又悶哼了一聲，黃蟬一副大獲全勝的姿態，一路嬌笑着，走了出去——

她厲害在並沒有警告我們什麼，只是把事實全部攤開來，好叫我們知難而退。

的確，事情正如她所說，真正的二活佛轉世，就算能在這個典禮之中出現，也不會有機會。二活佛所說的「適當時機」，已不存在了。

我和白素的心情都很沉重，事情看來像是壞在小郭手裏，但實在又不關他的事，我問他：「你是怎麼一下子找到那三件物事的？」

小郭仍有氣：「我可不知道什麼三件法物，只知道是一隻長盒子！」

我道：「好了，當時對你略有隱瞞，是為了事關重大，況且你去找人，不是找物！」

小郭嘆了一聲：「那長盒子是一個大線索，根據你的敍述，衛七帶着它登船，等到落船時，身邊已沒有了，他不會把盒子留在船上，唯一的可能——」

我失聲叫：「沉到河中去了！」

小郭一翻眼：「那還用說！舊時船上，都有油布、桐油泥灰的補漏，那是防水的好材料，又有壓艙的大石，將盒子密封了，綁上石塊，沉到河底去，是最好的保管方法！那一段水路又不是太長，我僱了八九十人逐尺找，第四天就把它撈了起來。」

我和白素互望，我用力一頓足：「那怎麼又會驚動了那樣的高層？」

小郭恨恨地道：「這就要怪你了，你沒告訴我那盒中是什麼，我打開盒子一看，莫名其妙，只猜到那是喇嘛教中的東西，那鈴、那花倒也罷了，那隻斷掌，我可以發誓，確是人的手掌，只差沒有溫度了。」

我駭然：「你敢去碰它？」

小郭倒老實：「也猶豫了很久，像是有生命一樣。」

我苦笑：「於是你帶着它們，去找喇嘛教？」

小郭點頭：「才到了一座喇嘛寺，幾個老喇嘛一看，就認出了銅鈴是二活佛的遺物，已經好久沒有出現了。他們都對我客氣之極，又有了不少老喇嘛來，紛紛問我這三件物事的來歷，我就照實說了。第三天，我就啷噹入獄了。要是我早知道這三件物事如此重要，一得了手，立刻回來，神不知，鬼不覺。」

我也絕想不到向小郭守了一些秘密，會有這樣的後果，只好一聲不出。

小郭又道：「花和手掌，都是有生命的，何以經過那麼多年，生命在它們身上，只是凝止，並未消失？」

我駭然道：「你說什麼啊，手掌有什麼生命？人才是有生命的。」

小郭很固執：「手掌的情形，和花一樣，花被剪下來，生命還在，手掌被切下來，自然也有它的生命，何以生命竟然凝止，像是隨時可以再生？」

我答不出來，白素平靜地道：「或許，這就是活佛的超自然能力！」

小郭呆了半晌，又是點頭，又是搖頭，因為白素的話，雖然是唯一的解釋，但也難以接受。

我再問：「東西給你找到了，人呢？可有信息？」

小郭搖頭：「沒有，問了幾個老人，有的還記得有外地人帶了一個可愛的女嬰來找奶媽的事，那陌生人第二天，把女嬰留在莊主家裏就走了，沒有人知道他的下落。」

我嘆了一聲，小郭忽然現出了很是古怪的神情：「那女嬰成了莊主的義女，跟着莊主姓穆，你猜，莊主為她取了一個什麼名字？」

我不耐煩：「誰能猜得到？」

白素忽然驚訝地道：「莫非叫秀珍。」

小郭用力一拍大腿：「正是！」

我呆了一呆：「就是教紅綾潛水，最近又借超等小飛機給我的穆秀珍？我怎麼不知道她是我的同鄉？只怕是同名同姓吧！」

白素道：「總有機會見到她的，一問就知——這裏面，不知道又有什麼故事了！」

我感到世事真是不可思議之至，除了不住搖頭之外，別無反應。

小郭走後，我才懊喪之至：「我壞了二活佛的大事，那三件法物，落到了他們的手中！」

白素道：「也不見得，天機玄妙得很，或許正要有如此一個曲折，到時二活佛一出現，東西現成在那裏，更方便些！」

我望了白素半晌：「現在你還認為有那『適當時機』的存在？」

白素點頭，我叫了起來：「你沒聽黃蟬的計劃？他們都安排好了！」

白素語意堅定：「可是你別忘了，不論他們怎麼安排，他們都不知道暗號第二，只有二活佛才知道。我相信到時，暗號第二一定會發生巨大的作用，使他們的一切安排都崩潰！」

我沒好氣：「會出現什麼情形？」

白素搖頭：「非但我不知道，連大活佛也不知道，只有二活佛一個人才知道。」

白素的回答，無可反駁。

到時，會有什麼事情發生，也只有等到時才知道了。現在，只能設想。原則是：二活佛一再有行動，一定能使人人都確認他的地位。

各位，我記述故事，都是在整個事件解決之後，才記述出來，所以都有頭有尾，唯獨這個故事，到此暫告結束，因為那「適當時候」還沒有來臨，還沒有發生的事，我當然不能先記述出來。

這個「適當時候」一定會來臨的，而且，正如黃蟬所說，規模會很大。或許，到時所發生的事，一剎那間，就可以傳遍全世界，那也就不必我再來記述了。

（全文完）

衛斯理小說典藏版　30

轉世暗號

作　　者：　衛斯理（倪匡）
責任編輯：　黎倩雲　蔡靄華
封面設計：　李錦興
出　　版：　明窗出版社
發　　行：　明報出版社有限公司
　　　　　　香港柴灣嘉業街18號
　　　　　　明報工業中心A座15樓
電　　話：　2595 3215
傳　　眞：　2898 2646
網　　址：　https://books.mingpao.com/
電子郵箱：　mpp@mingpao.com
版　　次：　二〇二二年七月初版
　　　　　　二〇二二年十月第二版
I S B N：　978-988-8688-76-0
承　　印：　美雅印刷製本有限公司